KB123027

여유

여유

초판 1쇄 인쇄_ 2019년 7월 20일 | 초판 1쇄 발행_ 2019년 7월 25일
지은이_아널드 베넷 | 펴낸이_오광수 외 1인 | 펴낸곳_새론북스
주소_서울특별시 용산구 한강대로 76길 11-12 5층 501호
전화_02)3275-1339 | 팩스_02)3275-1340 | 출판등록_제2016-000037호
e-mail_ jinsungok@empal.com
ISBN_979-11-6186-056-0 03810

Time Management of Early Time

나의 하루는 흘러가는 것이 아니라 내가 가진 것으로 채워지는 것이다!

여 유

아널드 베넷 지음

새론북스

그리스 로마 신화의 제우스가 신들의 왕좌에 오르기 위해 가장 먼저 한 일을 기억하는가. 바로 아버지 크로노스를 물리치는 일이었다. 크로노스는 계절과 농경의 신으로 특히 시간을 지배하는 왕이었다. 이 신화를 다음과 같이 해석해 보는 것은 어떨까.

"왕좌에 오르기 위해서는 시간을 지배하라."

세상은 불공평하다. 철부지 어린아이가 아닌 이상 우리는 태어나면서 결코 같은 선상에서 출발하지 못한다는 것을 알고 있다. 부유한 부모를 두었거나, 머리가 좋게 태어났거나, 조각 같은 외모를 가진 사람은 평범한 이들보다 한참 앞에서 인생의 마라톤을 출발하는 것이 사실이다. 그만큼 미성년자가 수백억대의 자산가란 신문보도에, 얼굴 잘난 것밖에 없는 것 같은 연예인이 CF 한 편 찍을 때마다 수억 원을 챙긴다는 소식을 들을 때, 우리는 세상의 불공평함에 한탄한다. 정말 세상은 불공평하기 그지없다. 하지만 그것이 바로 세상의 참모습인 것을 어떡하겠는가.

그럼에도 우리가 완전히 낙담하고 절망하지 않는 이유는 바로 이것 때문이다. 축복이라고는 받지 못하고 태어난 듯해도 인생의 출발선에서 유일하게 공평하게 주어지는 이것이 있기 때문이다. 이것만큼은 부자도 빈자도 왕자도 거지도 모두 똑같이 나눠가지고 태어나며, 이것이 선물하는 무한한 가능성에 따라 충분히 현실을 바꿀 수 있다는 희망을 가질 수 있다.

이것은 바로 '시간' 이다. 시간이 있기 때문에 우리는 절망 속에서도 희망을 품는 존재가 된다. 따라서 만약 부유한 부모, 뛰어난 머리와 외모, 그 무엇도 없다면 당신이 붙잡아야 할 것은 단 하나, 시간이다. 시간은 누구에게나 공평하게 주어졌기에 반대로 당신의 노력 여하에 따라 불공평해질 수 있다. 절대적인 것은 또한 상대적이다. 알차게 보내는 24시간과 무의미하게 보내는 24시간의 그릇에 담기는 내용물이 같을 수는 없다. 그렇기에 우리는 매 순간순간이 기적과도 같은 시간에 주목해야만 한다.

이 책은 영국과 유럽 본토 사이에 사실주의 문학의 주류를 잇는 중요한 가교 역할을 한 소설가였으며, 수준 높은 평론과 자기 관리, 시간 관리와 같은 일상에 필요한 철학서를 집필해 대중에게 큰 영향을 끼친 아널드 베넷의 원저 『How to live on 24 Hours a day』를 원서로 하고 있다. 백년 전 세계를 지배하며 찬란한 문화를 꽃피웠던 대영제국 시절, 사상과 문화의 최첨단을 달리던 아널드 베넷의 시간 관리법은 당시뿐만 아니라 21세기인 오늘날에도 꾸준히 주목을 받고 있다. 여전히 아널드 베넷의 책은 재출간 되며 독자들에게 시대를 뛰어넘어 꾸준히 사랑을 받는 고전으로서 자리매김하고 있다. 이 책을 읽다 보면 19세기의 런던과 21세기의 서울에서 숨 쉬고 있는 직장인들의 시간에 관한 고민이 크게 다르지 않음에 놀랄 것이고, 누구나 공감하며 실천 가능한 보편적인 내용을 담고 있다는 데에 또 한 번 놀라게 될 것이다. 그러나 백년 전의 런던 생활상을 오늘날 대한민국의 서울에 그대로 적용시켜 들려주기에는 다소 무리가 있는 것이 사실이다. 따라서 디테일한 환경이 다른 것을 감안, 구체적인 실례들은 오늘의 내용으로 대체하였음을 미리 주지하는 바이다.

　외환위기 이후 우리의 일상은 급격하게 변했다. 우물 안에서 하늘을 보던 어느 날 갑자기 우물 밖으로 내동댕이쳐졌다. 생존 자체가 인생의 목적이 되어 발버둥쳐야 했다. 정년퇴직처럼 당연시하던 기업문화가 하루아침에 퇴출해야 할 문화로 전락해 더 이상 회사가 평생 자신을 먹여 살려주지 않는다는 것을 절감하고 있다.

　매일매일 생존을 위해 자기계발에 전력투구하는 우리들에게 가장 필요한 것은 바로 시간이다. 백년 전 영국의 석학이 들려주는 시간 관리법을 통해 인생을 참되게 살아가는 방법을 배워나가는 소중한 시간이 되기를 간절히 바란다.

목차

아침마다
혁명가로
태어나라

당신의 잃어버린 아침 ✤ 30분이 60분의 차이를 만든다
선택의 지혜를 키워라 ✤ 칼같이 지키는 5시 기상습관

나는 인생에 결정적인 기회가 세 번쯤 있다는 말을 신뢰하지 않는다. 오히려 기회가 너무 많지 않은가. 선택은 단지 크기의 문제는 아니다. 작은 선택도 잘만 활용하면 엄청난 결과를 가져다줄 수 있다. 그러나 너무 많아서 제대로 잡지 못하고, 미처 준비가 안 돼서 잡지 못하고, 몰라서 잡지 못하고, 욕심에 눈이 멀어서 잡지 못하는 것이라고 나는 생각한다. 그리고 또 하나, 제대로 선택하는 버릇이 들지 못했기 때문이다.

chapter 1

당신의 잃어버린 아침

바쁜 꿀벌은 슬퍼할 겨를이 없다 - 브레이크

당신은 잠에서 깨어났는가. 깨어났지만 허깨비처럼 정신 없이 움직이고 있는 것은 아닌가. 도대체 언제쯤 잠에서 깨어날 생각인가. 5분만 더, 10분만 더…… 당신은 어제처럼, 그제처럼, 1년 전처럼, 10년 전에 하던 말을 똑같이 되풀이하는, 똑같은 말밖에 할 줄 모르는 태엽으로 가는 인형이 아니다. 이불 속에서 뒤척거리며 허투루 버리는 10분이 아깝지 않은가. 평균 수명이 80년이라며 292,000분을 버리는 것이다. 무려 4,867시간을 낭비하고 자그마치 203일을 쓰레기통에 처박는 짓이다. 아니, 허투루 버리는 10

분은 하루를 버리는 것과 똑같다. 허둥대며 시작한 하루는 허둥대며 끝날 수밖에 없다. 이래도 잠에서 아직 안 깨어났는가. 지금 당장 일어나라!

"바빠요, 바빠. 말 시키지 마쇼."

결국 마지못해 가까스로 일어난 당신은 허겁지겁 구두를 꿰어 신고 출근한다. 어젯밤의 과음에 머리는 지끈거리고 뱃속은 큼직한 돌덩이를 삼킨 듯 뻐근하다. 회사에 도착해서도 속이 쓰려 도무지 업무에 집중할 수가 없다. 당신은 오늘도 속을 달래려 뜨겁고 진한 커피를 들이키며 투덜거린다.

"휴, 매일 아침이 지옥이야."

매일 아침마다 반복되는 지옥은 바로 당신이 만든 지옥이다. 당신은 반드시 일찍 일어나겠다고 다짐하며 잠자리에 들지만, 불과 몇 시간 뒤면 잠에 취해 까마득히 잊고 만다. 정신과 육체는 한바탕 밀고 당기는 전쟁을 치르지만 항상 패하고 만다. 결국 이부자리에서 패잔병처럼 빠져나와 세수를 하고 물기가 뚝뚝 떨어지는 머리로 아침도 거른

채 황급히 출근할 뿐이다. 회사에서는 뜨거운 커피를 목구
멍 속으로 퍼부으며 말쑥한 차림새에 여유롭게 커피를 즐
기는 눈꼴사나운 동료를 곁눈질할 뿐이다.

　오늘 그의 아침은 어땠을까. 그는 일찍 일어나 창문을 활
짝 열어젖혔다. 차갑고 신선한 공기를 흠뻑 들이마시며 아
침을 시작했다. 기지개를 켜 짜부라진 폐를 펴고 몸 속에
쌓인 탁기를 뱉어내고, 푸른 식물처럼 창 밖으로 목을 길
게 빼 싱그러운 햇살과 공기를 마음껏 즐겼다. 그의 얼굴

어디에서도 또다시 시작되는 일상에 대한 절망감은 찾아볼 수 없다.

그는 창가에 부딪는 반짝이는 햇살처럼 오늘 하루도 아름다울 것이라 확신한다. 자연스레 직장으로 출근하는 그의 발걸음은 가볍기만 하다.

당신의 지옥은 누가 만든 것인가. 바로 당신이다. 그의 천국은 누가 만든 것인가. 바로 그 자신이다. 당신이 잃어버린 아침을 되찾을 때, 지옥은 천국으로 바뀔 수 있다.

30분이 60분의
차이를 만든다

돈으로 시간을 살 수는 없으나, 시간으로 돈을 살 수는 있다 - 탈무드

당신에게 아침 일찍 일어나는 습관은 너무나 어렵다. 금
연을 작심하고, 운동을 하고, 자기계발을 하겠다는, 새해
마다 어김없이 계획했다 포기하는 숱한 다짐들처럼 며칠
발버둥을 치지만 결국 실패하고 만다. 그 원인이란 이제껏
기상 습관이란 아예 존재하지 않았기 때문이다.

취침에 관한 유일한 습관이란 매일 밤 잠들기 전에 머리
맡에 놓아두는 자명종과 그마저 불안해 알람 기능을 설정
해 놓은 휴대폰, 그리고 일찍 일어나고야 말겠다는 굳은
의지뿐이다.

그러나 다음날 아침 당신을 깨우는 것은 지각에 대한 불안감이 전부다. 자명종은 누가 껐는지 먹통이고, 멀찍이 숨겨놓은 휴대폰 또한 누군가의 정중한 손길에 꺼진 지 오래다. 그 누군가란 정신을 놓은 당신임을 짐작할 것이다. 다시 이부자리로 기어드는 뇌리에는 오직 한 가지 생각만이 가득하다.

"5분만, 5분만 더!"

결국 당신의 앞에는 잔혹한 출근길이 펼쳐질 수밖에 없다. 콩나물시루 같은 지하철과 버스 안의 풍경은 늘 똑같을 뿐이다. 물방울이 뚝뚝 떨어질 듯 제대로 마르지 않은 머리에 구겨진 블라우스를 입은 여자는 남의 시선은 아랑곳없이 허겁지겁 화장을 하고, 소매가 새까만 와이셔츠를 입은 남자의 턱에는 까칠한 수염이 새까맣게 뒤덮여 있고⋯⋯ 당신은 좌우로 머리를 꺾어대며 조느라 정신이 없는 사람들 사이를 비집고 한자리 끼어들어 같이 졸기 시작한다. 그러면서 비몽사몽 머리를 굴린다.

'이왕에 늦은 것, 왕창 늦어버릴까?'

몇 분 늦으면 한소리 듣겠지만, 왕창 늦으면 급박한 사정이 생긴 줄 착각할지 모른다고 잔머리를 굴려본다. 적당히 핑계거리를 대고 사우나에서 한두 시간 잠을 자고 싶은 악마의 유혹이 당신을 사로잡는다.

  '가만, 이번 달에 내가 몇 번 지각했지?'

  그러나 손을 꼽아 보고서는 얌전히 회사로 직행할 수밖에 없는 처량한 신세에 한숨을 내쉬고 만다. 똑딱똑딱. 쉴 새 없이 시계를 들여다보는 애타는 마음과 달리 버스는 교통정체에 막혀 거북이걸음을 하고 있다. 지하철과 버스는 넘쳐나는 사람들이 뿜어내는 열기에 숨이 턱턱 막힐 듯하다.

  당신이 꽉 막힌 도로에서 지쳐갈 때, 30분 일찍 출발한 동료는 무엇을 하고 있을까. 그는 회사에 도착해 벌써 업무 준비를 끝내고, 개인적인 공부를 하고 있다.

  그가 타고 온 버스와 지하철의 풍경은 어땠을까. 이른 시각이라 자리는 여유가 있고, 차는 막힘없이 내달린다. 또한 그는 출근길에 결코 졸지 않는다. 단정한 옷차림에 흐트러짐 없는 자세로 책을 읽고, 메모지에 무엇인가 열심히 필기를 하고 있다.

그와 당신의 엄청난 차이는 30분 먼저 출근했기에 벌어진 일이다. 만약 아침 출근길 30분의 차이가 회사에 도착하는 시간도 30분의 차이밖에 만들지 않는다고 생각한다면 엄청난 착각이다.

30분의 차이는 출근길을 180도 다르게 한다. 30분 먼저 출근하면 회사에 도착하는 시간은 최소 50~60분 빨라진다. 이른 시각이라 러시아워에 걸릴 까닭이 없다. 그뿐인가. 당신이 콩나물시루 같은 버스와 전철 안에서 이리저리 부대끼며 지칠 때, 그는 빈자리에 앉아 여유롭게 출근한다. 그가 타고 있는 버스와 지하철은, 자동차는 그의 인생처럼 막힘없이 시원하게 내달린다.

당신과 그의 차이는 별다를 게 없다. 그는 일찍 일어났고, 당신은 늦게 일어났다는 것뿐이다. 30분으로 60분의 여유를 누리는 그의 하루가 부럽지도 않은가!

chapter 3

선택의 지혜를 키워라

인간은 항상 시간이 모자라다고 불평하면서
마치 시간이 무한정 있는 것처럼 행동한다 – 세네카

"인생에는 세 번의 중대한 갈림길이 있다. 그 갈림길에서
올바른 선택을 하느냐 못하느냐에 따라 인생은 확연히 달
라진다."

우리는 인생에서 세 번쯤 맞닥뜨린다는 선택의 갈림길에
대해 자주 이야기한다. 어떤 미래를 꿈꾸고 결혼은 누구와
할지부터, 어떤 직장을 잡을지, 땅에 투자를 해야 할지, 주
식에 투자를 해야 할지……. 그러나 인생을 송두리째 바꿀
수도 있는 선택의 갈림길에서 올바른 선택을 하는 사람들
은 생각보다 많지 않다.

사실 나는 인생에 결정적인 기회가 세 번쯤 있다는 말을 신뢰하지 않는다. 오히려 기회가 너무 많지 않은가. 선택은 단지 크기의 문제는 아니다. 작은 선택도 잘만 활용하면 엄청난 결과를 가져다줄 수 있다. 그러나 너무 많아서 제대로 잡지 못하고, 미처 준비가 안 돼서 잡지 못하고, 몰라서 잡지 못하고, 욕심에 눈이 멀어서 잡지 못하는 것이라고, 나는 생각한다. 그리고 또 하나. 제대로 선택하는 버릇이 들지 못했기 때문이다.

　"지금 일어날까. 조금만 더 잘까."

　당신은 잠에서 깨며 가장 먼저 '선택의 기로'에 선다. 물론 지금 당장 일어나야 한다는 것을 누구보다 잘 알고 있다. 그러나 당신은 하루의 첫 선택에서 늘 잘못된 선택을 하고 만다.

　매일 아침마다 잘못된 선택을 하면서, 잘못된 선택을 하는 습관이 몸에 밴 채 인생의 중요한 갈림길에서 올바른 선택을 한다는 것은 과한 욕심이 아니겠는가?

　인생은 끊임없는 선택의 연속이다. 아침에 일어나면 무

슨 옷을 입을지, 직장에 출근하면 업무 중에서 어떤 일을 가장 먼저 처리해야 할지, 점심이면 고만고만한 메뉴판에 코를 박고 무얼 먹을지……. 언제나 선택 앞에서 고민한다.

어떤 일이 옳고 그른가 하는 '도덕적 선택'은 가치가 선명하기에 선택의 고민은 그리 크지 않다. 그러나 좋고 싫은가를 따지는 '기호의 선택' 앞에서 우리는 언제나 갈팡질팡한다. 그날의 컨디션이나 감정의 기복에 따라 기호는 천차만별 변화하기 때문이다. 기호의 선택 또한 두 종류로 나눌 수 있다. 예를 들어 점심시간에 콩나물 해장국을 먹을지 북어 해장국을 먹을 같은 이후의 일에 큰 파급 효과를 미치지 않는 선택이 1차적인 선택이라면, 시험공부를 할지 말지, 이 회사가 좋을지 저 회사가 좋을지, 피곤한데 회사에 출근을 할지 말지 같은 선택은 인생에 큰 영향을 끼치는 2차적인 선택이다. 안타까운 것은 대부분의 사람들이 1차적인 선택에 대해서는 쓸데없이 집착하면서, 인생을 결정짓는 2차적인 선택은 너무 가볍게 판단하고 선택하는 우를 범하고 있다는 것이다.

결국은 선택과 집중의 문제다. 당신은 슈퍼맨이 아니다.

모든 일을 완벽히 해낼 수는 없다. 슈퍼맨도 사랑에는 젬병이지 않던가. 당신이 성공을 꿈꾼다면 선택의 지혜를 터득해야만 하는 필요성이 여기에 있다. 당신이 무엇을 가장 먼저 해야 할 것인지를 선택하고, 그 선택을 행동에 옮기는 데에 따라서 미래가 결정된다. 당신이 올바른 선택의 순간에 익숙하다면 24시간을 여유롭게 사용할 수 있다.

그렇다면 성공과 완벽한 자아실현을 위해 당신이 가장 먼저 올바르게 선택해야 할 일은 무엇인가?

그것은 첫 단추를 잘 끼우는 것이며, 첫 단추란 아침 일찍 일어나는 기상습관이다. 그런데 당신은 하루의 첫 선택부터 잘못된 선택을 하고 있다. 첫 단추를 잘못 채웠는데 하루가 온전할 리 있겠는가. 반대로 당신이 아침 일찍 일어날 것인가, 조금 더 자다가 허겁지겁 출근할 것인가 하는 선택의 기로에서 전자를 택했다면 활기찬 하루가 될 가능성은 높아질 게 틀림없다.

또한 해야 할 일을 꼭 하는 습관과 하지 말아야 할 일은 하지 않는 자제력이 필요하다. 그러나 당신은 의지와 상관없이 기존의 습관대로 선택을 하고 있다. 욕심이 많아 이것저것 벌여놓은 일들에는 한계가 있고, 힘은 사방으로 분산되고 있다. 결국 대충대충 겉만 핥고 쓸데없이 바쁘기만 할 뿐 실적은 좋지 않다.

그리고 어떤 선택을 했는지도 중요하지만, 그에 못지않게 선택 이후의 행동 또한 중요하다. 만약 A와 B 사이에서 A를 선택했다면, 그것이 엄청나게 큰 실수가 아닌 한은 절대 뒤돌아보지 마라. 엎질러진 물은 도로 담을 수 없다. 세상일이라는 것이 100% 옳은 일도 없고, 100% 잘못된 일도 없는 법이다. 이 세상에서 '반드시, 꼭 해야만 할 일'은 사실 그리 많지 않다. 그보다 조금 덜 중요한 일들이 많을 뿐이다.

"B를 선택했다면 어땠을까?"

후회할 시간이 있다면 차라리 선택한 결정에 최선을 다하는 것이 현명하다. 우리가 하루 종일 고민하는 것들의 80% 이상은 쓸데없는 고민이다. 그리고 고민들 중에 대부분은 다가올 미래를 고민하는 것이 아니라, 이미 막차가 떠나버린 지나간 과거를 후회한다. 엎질러진 물을 다시 담을 수 있는 방법을 고민하는 것이다.

"내가 하는 일은 매우 중요한 일이야."

A가 아무리 사소한 일이라도 당신이 선택하고 집중한다면 그 이상의 중요한 일이 될 것이다. 선택하고 집중하라.

chapter 4

칼같이 지키는 5시 기상습관

아침잠은 시간의 지출이며, 이렇게 비싼 지출은 달리 없다 - 카네기

현실에서 꿈꾸는 자는 이부자리 속에서 꿈꾸지 않는다. 진정한 꿈은 현실에 있다는 것을 알기에 잠을 자는 시간조차 아깝다. 그러나 하루 6시간만 자도 인생의 25%를 소비하는 잠을 9~10시간이나 자는 바보들도 정말 많다.

당신은 어제 몇 시에 일어났는가. 엊그제는 몇 시에 일어났는가. 1년 전 오늘 몇 시에 일어났는가. 당신은 대답할 수가 없다. 일정한 기상습관이 없기에 불과 며칠 전의 기상시각조차 기억하지 못한다.

"잠자리에 드는 시간이 제각각인데 어떻게 기억할 수 있다는 거요? 사회생활을 하다 보면 새벽까지 술을 마셔야 할 일이 태반인데 현실을 모르는군."

당신의 말처럼 오늘날 직장인은 저녁에 특히 바쁘다. 친구 선후배들과의 모임부터 회식에, 다양한 취미생활을 즐기고, 사회에서 살아남기 위해 학원과 도서관으로 발바닥에 땀이 나도록 뛰어다니기 때문에 밤 10시 이전에 귀가하기가 쉽지 않다. 결국 밤늦게 귀가할 때쯤이면 녹초가 되고 늦잠을 자게 된다.

그러나 기상 시간만큼은 꼭 지켜라! 될 수 있으면 11~12시 사이에 취침해 5~6시 사이에 기상하는 습관을 들여라. 처음에는 피곤이 쌓이고 힘들겠지만 습관은 무섭다. 습관만 들이면 된다. 건

강을 유지하고, 기억력을 회복하고, 집중력을 높이고, 심신의 피로를 풀기 위해서는 반드시 잠을 자야 하지만, 많은 잠만이 피곤을 풀어주고 기분을 상쾌하게 만든다는 것은 고정관념이다.

잠은 양보다 질이 중요하다. 나는 1~2시 사이에 잠이 들어 5~6시 사이에 잠에서 깬다. 5시간 정도 자지만 피곤하지 않다. 습관이 들어 자명종을 꺼놔도 정확한 때에 눈을 뜬다. 내가 8~9시간 자지 않아도 피곤하지 않은 까닭은 숙면을 취하기 때문이다. 잠에도 질의 차이가 존재한다. 당신이 잠자리에 누워 1시간 정도 엎치락뒤치락 거릴 때, 나는 베개에 머리를 대자마자 깊은 잠에 빠져든다. 결국 나와 당신의 숙면 시간은 비슷하다. 5시간을 자도 깊은 잠에 빠지기 때문에 피곤이 말끔히 풀리는 것이다.

같이 흥겹게 놀았는데도 다음날 컨디션이 전혀 다른 사람들이 있다. 사회적 지위가 높거나 능력 있는 사람일수록 간밤의 여흥을 말끔히 털어낸 싱싱한 얼굴이다. 당신이 분위기에 취해 한계 주량을 넘겨 온몸을 불사를 때, 그들은 적당히 분위기를 즐기며 내일을 준비한다. 당신과 그들의 차이는 시간이 갈수록 벌어질 수밖에 없다. 또한 그들은 지난밤과 상관없이 아침 일찍 일어나 여유를 가진다. 숙취를 풀기 위해 당신이 잠을 선택할 때 운동으로 숙취를 풀고(연구결과에서도 잠보다 운동이 효과적이라는 게 증명되었다), 속이 부대낄수록 아침을 먹고, 차를 마신다. 그렇기에 출근해서도 상쾌한 기분을 유지할 수 있다.

생활에 규칙을 부여하라. 이런저런 이유로 규칙적인 취침을 이루지 못한다는 것은 핑계일 뿐이다. 인생의 3분의 1을 잠에 투자하는 게 아깝지 않은 사람은 인생에서 결코 주인공이 될 수 없다.

내일부터 과감히 이불을 박차고 나와라. 소중한 아침 시간을 자신을 위해 투자하자. 당신은 기상시간에 큰 의미를 두지 않을지도 모른다. 그러나 아침의 넉넉한 여유는 인생을 결정한다. 지옥 같은 교통체증과 콩나물시루처럼 부대끼는 고통에서 벗어나고 싶지 않은가. 아침 일찍 일어나 말끔한 복장으로 힘차게 문을 열어젖히자.

아침 5분
차 한 잔의
성공수첩

아침 30분이 만드는 기적 ❖ 세상과 활기차게 인사하라 ❖ 아침 운동은 거북이처럼

정신을 고양시키는 아침 5분 명상 ❖ 아침은 황제처럼 저녁은 거지처럼 ❖ 아침 5분 차 한 잔의 기적

산책에서 하루의 계획을 치밀하게 세우는 것도 물론 가능하다. 그러나 산책을 가장 잘 활용하는 방법은 '내려놓음'에 있다. 잠시라도 머릿속을 가득 채우고 있는 상념들을 내려놓고 머리를 비우는 일은 생각 외로 큰 여유를 가져다준다. 요즘 한창 붐을 일으키는 마라톤도 건강 효과에 못지않게 뛰는 동안 생각을 비울 수 있기 때문이다. 나를 잊음으로써 나를 찾을 수 있는 산책이 힘찬 활력을 불어넣는 것이다. 만물이 생동하는 아침, 몸에 활력을 불어넣기를 원한다면 거북이처럼 느릿느릿 천천히 운동하라.

chapter 5

아침 30분이 만드는 기적

30분을 티끌과 같은 시간이라 말하지 말고
그동안에 티끌과 같은 일을 처리하는 것이 현명한 방법이다 – 괴테

떨어지는 물방울에 깊은 구멍이 팬 바위를 볼 때마다 사람들은 시간이 만들어내는 위대한 기적에 감탄한다.

당신은 혹시 기적이란, 말 그대로 확률적으로 불가능함에도 간혹 가다 발생하는 일이라고 생각하고 있지는 않은가. 아니다. 기적은 지금 이 순간에도 일어나고 있는 현재진행형이다. 모세가 지팡이를 내리꽂아 홍해를 갈랐다는 기적만 기적이 아니다. 바위를 뚫는 물방울의 기적처럼 세상 모든 사물과 사건들이 시간이 만들어내는 기적이다.

그중에서도 하루하루 정확하게 배급되는 24시간만한 기

적이 또 있을까. 매일 아침, 눈을 뜨면 우리의 지갑 속에는 마법과 같은 24시간이 허름한 지폐가 아니라 티끌 하나 묻지 않은 빳빳한 신권으로 가득 차 있다. 시간은 우리의 재산 중에서도 가장 소중한 재산이며, 기적 중에서도 최고의 기적임에 틀림없다.

특히 하루를 가늠하는 가장 소중한 시간은 아침이라고 말할 수 있다. 하루를 상쾌하게 보내기 위해서는 아침이 가장 중요하기 때문이다. 아침부터 허둥지둥 일어나 정신 없이 일을 시작하거나 공부를 하면 결코 즐겁고 상쾌한 하루를 시작할 수 없다. 아침나절 당신이 여유롭게 행동하느냐 못하느냐에 따라 인생의 모습이 뒤바뀔 수 있다.

30분 일찍 일어나 창 밖을 내다보며 5분만이라도 가볍게 맨손 체조를 하자. 굳었던 몸과 함께 정신도 풀리며 몸속 어딘가에서 움트는 신선한 생명의 기운을 발견할 수 있을 것이다. 그러고 나서 반드시 아침을 챙겨 먹자. 시간이 남아돌아도 속이 부대껴 아침을 거르는 이들은 어리석기 그지없다. 속이 부대끼는 것은 아직도 몸이 잠에 취해 있기 때문이다. 만약 5분만이라도 가볍게 체조를 했다면 식욕이 돌면 돌았지, 속이 부대낄 리 없다.

30분 일찍 일어나는 데에 익숙해지고, 5분 동안이라도 매일 아침 운동을 한다면 몸은 어느새 활력이라는 단어가 무색하리만치 튼튼해지고, 정신은 풍요로움으로 가득하게 될 것이다. 그 풍요로운 정신과 몸으로 무슨 일을 하든지 기적을 일으킬 수 있을 것이다.

아침 30분이 사소하게 느껴질지도 모른다. 그러나 하루에 하늘 한 번 올려다볼 틈도 없이 시간에 쫓기는 우리에게 30분 먼저 일어나고자 하는 결심은 결코 사소한 것이 아니다. 시작은 5분의 맨손 체조이지만 결과는 우리의 인생에서 기적이라는 선물로 주어지게 된다.

"당신의 습관을 바꿔라. 인생의 하루하루에 수많은 기적이 기다리고 있다."
우리 모두 인생의 기적이라는 유혹에 빠져 보자. 무슨 거창한 계획이 아니라 아침 30분의 습관만으로도 인생의 기적을 만들 수 있다.

chapter 6

세상과 활기차게 인사하라

당신이 잠자리에서 일어나든 안 일어나든 하루는 어김없이 시작되고 있다 – 존 치디

세상에는 다섯 글자만으로 이뤄진 값진 보석 같은 말들
이 무수히 존재한다.

사랑합니다, 감사합니다, 고맙습니다, 행복하세요, 안녕
하세요…….

그중에서도 '안녕하세요'는 당신이 세상과 만나며 처음
으로 나누는 따뜻한 교감의 인사말이다. 물론 인사란 사람
인(人)자에 일 사(事)자로 이뤄져 사람 사이에 나누는 예절

을 뜻하지만, 사실 세상 만물 모두가 만나면 인사를 나눈다. 강아지는 꼬리를 흔들어 반가움을 표시하고, 꽃은 아침마다 꽃잎을 활짝 열어젖혀 달콤한 향기를 뿜어내며 인사를 한다. 심지어 물조차 반갑고 사랑한다는 말에 아름다운 육각형의 결정체로 화답한다고 하지 않던가.

세상과의 첫 만남인 아침, 당신은 먼저 반갑게 인사를 나누는 법부터 배워야 한다. 당신이 게을러 인사하지 않아도 세상은 당신을 향해 반갑게 인사하고 있다. 창문을 활짝 열어보라. 창 밖의 모든 것들이 당신을 향해 반갑게 인사하고 있다.

나는 매일 아침 창가에 놓인 난초에 물을 주는 일로 하루를 시작한다. 난초는 아침마다 나를 향해 반갑게 인사하며 은은한 난초 향을 선물하는 고마운 존재다. 나는 눈곱 낀 부스스한 눈망울로 황급히 난초에게 인사를 건넨다. 그리고 창 밖의 밝은 햇살과 시원한 공기에 감사한다. 어느 이른 아침에는 난초의 어린 새싹을 발견하고 말로 형언할 수 없는 기쁨을 느끼기도 했다. 어린 싹이 시작의 신비로움을 내게 가르쳐 주고, 고통과 인내의 긴 겨울잠을 견디고 새롭게 움트는 경이로움을 가르쳐주었기 때문이다. 나는 눈을 감고 오늘 하루를 예감한다.

'오늘은 난초의 향기처럼 향기로운 하루가 될 거야.'

당신의 아침은 어떤가. 혹시 하루하루가 다람쥐 쳇바퀴 돌아가듯 지겹다고 느끼며 자신이 불행하다고 생각하는 것은 아닌가. 세상 모든 사람들이 적인 것만 같고, 심지어 사람뿐만 아니라 세상 모든 것들이 불친절하다고 느끼고 있지는 않은가. 그러나 자세히 자신을 되돌아보면 반대로 세상이 반갑게 인사를 해도 시큰둥 받지 않는 것은 아닌가. 심지어 사랑하는 아내와 아이들이 아침 인사를 건네도 힘들고 지친다고 건성으로 받고 있는 것은 아닌가.

당신부터 인사를 제대로 하지 않으면서 세상이 반갑게 인사하기를 원하는 것은 어리석은 짓일 뿐이다.

인사는 화목의 근간이 되고, 직장에서는 인화의 근본이 된다. 인사를 예의 바르게 하느냐 못하느냐에 따라 상대방으로부터 대우를 받을 수도 있고, 인격이 낮게 평가받을 수도 있다. 인사를 잘하느냐 아니냐에 따라 세상으로부터 대우를 받을 수도 있고, 대우를 받지 못할 수도 있다.

오늘도 당신의 지갑에는 어김없이 24시간이 채워진 채 새로운 하루가 시작되었다. 오늘도 아름다운 삶을 향해 힘차게 나아가기 위해서는 즐거운 마음과 활기찬 마음이 꼭 필요하다. 그러기 위해서는 무엇보다 내 옆의 소중한 모든 것에 사랑한다는 따뜻한 마음을 표현하는 첫인사가 중요하다. 아침 인사란 '금방 퍼 담은 밥그릇에서 나는 따뜻함 같다.'고 어느 시인은 말했다. 보약보다 몸에 좋은 것이 잘 차린 아침 밥상이듯, 아침 인사는 세상과의 첫 소통이다. 잠에서 깨어 활기찬 아침 햇살을 마음껏 즐기며 세상에 인사하자.

"안녕하세요! 새로운 하루가 시작되었습니다. 오늘 하루도 즐겁게 일해 봅시다!"

chapter 7

아침 운동은 거북이처럼

하루에 3시간을 걸으면 7년 후에 지구를 한 바퀴 돌 수 있다 – 사무엘 존슨

따르릉. 따르릉. 시끄럽게 울려대는 자명종 소리에 당신은 드디어 달콤한 악마의 유혹 같은 잠을 떨쳐버리고 일어났다. 운동복을 차려입고 집 밖으로 뛰쳐나오자 차갑고 싱그러운 아침 공기에 가슴이 한껏 부풀어 오른다.

"자, 열심히 달려보자고!"

당신은 얼마 전부터 아침 일찍 일어나 새벽 운동을 시작했다. 갈수록 늘어나는 뱃살도 걱정이고, 다가올 여름도 걱정이기에 몇 달 안에 젊은 시절의 근육질 몸매를 되찾겠다는 야무진 계획을 세우고 아침부터 과격하게 뜀박질을 시작한다. 천천히 걷고 있는 새벽 운동 10년 차 동네 아줌마를 제치며 회심의 미소를 짓는다.

며칠 후 당신의 모습은 어떨까. 이부자리에서 일어나지도 못하고 끙끙 앓고 있을 게 뻔하다. 갑자기 무리하게 운동을 시작해 몸에 탈이 났기 때문이다. 절룩이며 출근해 직장상사 눈치를 보며 병원에 가니 웬걸, 당신처럼 무릎 연골에 물이 차고 갑작스런 운동에 병이 난 사람들이 무척 많다는 것을 알게 된다.

지나친 욕심과 무리한 실천은 하지 않는 것보다 못하다. 사람의 몸도 기계와 다를 바 없다. 자동차를 예열하듯 처음에는 천천히 열을 가해 적당히 몸을 풀어줘야만 한다. 처음부터 최고의 능력을 발휘하는 것은 몸을 망치는 짓이다.

아침에는 가볍게 몸을 풀 수 있는 맨손 체조와 짧은 산책이 좋다. 아침이면 하늘을 향해 온몸을 활짝 여는 식물처럼 기지개를 켜자. 굳었던 온몸의 근육들이 비명을 지르며 깨어나는 소리가 들릴 것이다. 그리고 부드럽게 느릿느릿,

마치 거북이처럼 천천히 목을 돌리고 손목과 어깨, 허리, 무릎, 발목을, 온몸의 관절을 모두 풀어주고, 뻣뻣하게 굳은 어깨와 허리, 허벅지를 두드려 근육을 풀어주는 것이 좋다. 손바닥을 열심히 쳐 피돌기를 빠르게 하고, 피부 미용을 위해서라면 뜨겁게 맞비빈 손바닥으로 얼굴을 문지르는 것도 좋다. 특히 아침에는 아드레날린 계통의 호르몬이 분비되기 때문에 아침 운동은 호르몬의 분비를 더욱 촉진시키는 역할을 한다. 또한 공복 시의 운동은 피하와 간에 축적된 지방을 에너지원으로 사용하기에 다이어트에 특히 효과적이다. 운동 후에는 건강을 생각해 찬물로 샤워를 하는 경우가 많은데, 이보다는 따뜻한 물로 교감신경을 깨우는 게 훨씬 효과적이다.

가능하면 뛰는 것보다는 산책을 하라. 아침의 무리한 운동은 하루를 피곤하게 하는 독이 될 수도 있다. 성공한 리더들의 생활 습관을 조사한 연구 보고서에 따르면 다음과 같은 공통점이 있다. 바로 새벽 4~5시의 이른 기상과 10~11시의 이른 취침, 그리고 산책이다.

산책에서 하루의 계획을 치밀하게 세우는 것도 물론 가능하다. 그러나 산책을 가장 잘 활용하는 방법은 '내려놓음'에 있다. 잠시라도 머릿속을 가득 채우고 있는 상념들을 내려놓고 머리를 비우는 일은 생각 외로 큰 여유를 가져다준다. 요즘 한창 붐을 일으키는 마라톤도 건강 효과에 못지않게 뛰는 동안 생각을 비울 수 있기 때문이며, 『화』라는 책으로 잘 알려진 스님의 걷기 명상법 또한 이와 같은 범주에 속한다. 나를 잊음으로써 나를 찾을 수 있는 산책이 힘찬 활력을 불어넣는 것이다.

만물이 생동하는 아침, 몸에 활력을 불어넣기를 원한다면 거북이처럼 느릿느릿 천천히 운동하라.

chapter 8
정신을 고양시키는
아침 5분 명상

자신의 욕망을 극복하는 사람이 강한 적을 물리친 사람보다 위대하다 – 아리스토텔레스

하루 중 인간의 두뇌가 가장 활발하게 이뤄지는 시간대가 아침 6~8시다. 따라서 최고의 뇌력(腦力)을 발휘할 수 있는 아침 6~8시에 일을 한다면 최고의 효과를 발휘할 수 있다. 당신이 만약 수험생이라면 두 시간 동안 보통 때의 몇 배에 해당하는 진도를 나갈 수도 있고, 직장인이라면 며칠 동안 실마리가 잡히지 않던 기획안을 일사천리로 해치울 수도 있다.

그러나 대부분의 사람들은 아침 6~8시의 황금 시간대를 그냥 흘려버리고 만다. 게을러 아직도 꿈나라를 헤매고 있

을 수도 있지만 대개는 출근을 하느라 길바닥에 아까운 시
간을 흘려버리고 있기 때문이다.

아침 6~8시에 중요한 공부나 업무를 할 수 없다면, 잠깐
이라도 시간을 내 명상을 하라. 잠자리에서 굳어졌던 몸을
체조와 산책으로 풀었다면, 찬물로 세안을 하고 명상을 하
는 것이다.

명상이란 무엇인가. 의식과 사고를 놓는다는 뜻이며 무

의식의 영역으로 들어간다는 말이다. 쉽게 말해 무의식의 힘을 끌어내 지식이 아닌 지혜를 얻을 수 있는 과정이 명상이다. A-B-C의 순차적인 논리력이 아닌, A-B-M-Z로 한 번에 도약하는 싱싱한 창의력을 얻을 수 있는 것이 명상이다.

명상이라고 해서 무조건 가부좌를 틀고 오랫동안 혹독하게 수행하는 장면만 떠올릴 필요는 없다. 생활 속 그 어떤 장소도 상관없다. 익숙해지면 출퇴근을 하는 지하철 안에서도 명상은 가능하다. 처음에는 아침 운동처럼 욕심 부리지 말고 딱 5분만이라도 명상을 하자. 첫 5분이라도 결코 쉽지 않다는 것을 느낄 것이다. 사실 종교의 엄격한 명상 자세는 일반인이 따라하기에 벅찰 정도로 엄격하다. 물론 종교에서 행하는 명상의 엄격함이 몸에 배는 순간 명경지수와 같은 명상의 세계로 빠질 수가 있지만 굳이 어려운 자세를 힘들게 따라할 필요는 없다. 중요한 것은 명상의 자세와 마음가짐이다.

우선 어떤 자세에서도 허리는 곧게 펴고, 눈은 반쯤 감고 시선은 아래로 비스듬히 내린다. 두 손은 손바닥이 위를 향하게 아랫배에 대고 두 엄지손가락 끝을 닿을 듯 마주 대자연스럽게 손을 오므린 형상으로 만든다. 그 상태로 가능한 한 길고 깊은 호흡을 한다. 공기를 몸 깊숙한 곳까지 들이쉬고 몸 깊숙한 곳에 웅크리고 있는 나쁜 기운을 뱉어낸다는 마음으로, 단 억지로 숨을 끌어당기고 내쉬는 것은 좋지 않다. 호흡의 시간에 얽매이는 것도 명상을 방해한다. 첫술에 배부를 수는 없다. 익숙해지면 자연스럽게 호흡의 길이는 늘어나게 마련이다. 또한 명상이 끝났다고 벌떡 일어나서는 결코 안 된다. 명상의 상태에서는 가능한 한 천천히 벗어나야 한다. 명상을 하면 뇌가 저산소 상태가 되기에 이때 갑자기 멈추면 효과가 반감될 수밖에 없다. 눈을 천천히 뜨고 손을 쥐었다 폈다 하면서 위아래로 반복하며 천천히 몸을 풀어주면 된다.

하루에 뇌가 가장 활발히 움직이는 아침. 소중한 아침 시간에 명상을 하라는 소리는 얼핏 아무것도 하지 말라는 소리처럼 들릴 수도 있다. 그러나 명상은 아무것도 하지 않음으로써, 생각조차 하지 않음으로써 하루 종일 열심히 움직일 수 있는 힘을 공급하는 소중한 시간이다. 아침 5분의 명상이 당신의 인생을 바꿀 수 있다.

chapter 9

아침은 황제처럼
저녁은 거지처럼

아침은 황제처럼, 점심은 왕자처럼, 저녁은 거지처럼 먹어라 – 독일 속담

아침식사는 키로 가고, 점심식사는 피로 가고, 저녁식사는 살로 간다는 말이 있다. 아침식사는 그만큼 영양학적으로 중요한 위치를 차지하고 있다. 수행을 쌓는 승려들은 아침 공양에 정성을 들이는데, 특히 인도의 승려들은 오후가 지나면 일체의 음식을 섭취하지 않는다고 한다. 아침 공양만으로 하루에 필요한 에너지를 모두 섭취했다고 믿기 때문이다.

그러나 대다수의 직장인들은 아침을 굶는 것을 당연하게 여긴다. 새벽같이 일어나 애써 밥상을 차려준 아내와 어머

니의 성의도 무시하고, 시간도 없고 밥맛도 없다며 국물 몇 숟갈 뜨고 휑하니 일어선다. 기껏 먹어봤자 빵 조각에 우유 한 잔이 전부다. 식욕이 없기에 몸이 배가 고프다는 것을 미처 깨닫지 못하는 것이다.

아침이 되면 몸은 많은 에너지를 필요로 한다. 수면 중에도 많은 에너지가 소모되기 때문이다. 따라서 아침식사를 거를 경우 오전 활동은 무기력해질 수밖에 없다. 집중력이 저하되어 무슨 일을 하든지 의욕이 떨어지고 작업 능률이 저하될 수밖에 없다. 10시가 넘어가면 시도 때도 없이 점심시간만 기다리게 되며, 점심시간이 돼서도 허기에 폭식을 하게 된다. 자연히 포만감에 졸음이 몰려올 수밖에 없고, 소화불량에 걸려 오후 업무가 잘 될 리가 없다. 아침식사를 거르는 사람들 중에 비만에 걸린 사람들이 많다는 것은 널리 알려진 사실이다. 불규칙한 식습관으로 과식, 폭식의 악순환을 거듭하기 때문이다.

만약 당신이 아침 일찍 일어났다면 시간도 밥맛도 없을 리가 없다. 충분한 수면을 취해 말끔히 피로가 풀린 몸으로 가볍게 아침 운동을 하고 명상을 했다면 입맛이 없을

리가 없다. 굳어졌던 몸이 풀렸기에 소화액이 왕성하게 분비되고 장의 기능 또한 촉진되어 공복감을 느끼기 때문이다. 그렇다고 아무것이나 먹으면 안 된다. 아침에는 정신을 맑게 해주고 하루를 준비하는 에너지를 몸의 적재적소로 보내주어야 하기 때문에 저칼로리 고영양가의 간편하게 먹을 수 있는 음식이 적합하다. 토스트나 인스턴트 음식, 우유 한 잔 등으로 아침을 때우는 것은 몇 가지 영양소밖에 섭취할 수 없으므로 별다른 도움을 주지 못한다. 만약 밥상을 차릴 수 없는 처지라면 분말 포장된 생식이라도 꼬박꼬박 챙겨먹어라.

건강을 잃는 것은 모든 것을 잃는 것이라 했다. 하루에 필요한 영양을 균형 있게 섭취하는 규칙적인 식습관을 들여 건강을 유지하는 것이 인생의 행복을 찾기 위한 첫걸음임을 명심하라.

chapter 10

아침 5분 차 한 잔의 기적

밥 먹고 물 먹는 생활이 차 마시는 것과 똑같다 – 초의선사

제대로 맛을 들이면 술을 끊는 것보다 어렵다는 것이 차 마시는 습관이라고 한다.

현대는 음료의 시대라고 해도 과언이 아니다. 직장인들은 하루 종일 마실 거리를 손에서 놓지 않는다. 하루에 한두 번쯤은 커피 전문점에 들러 값비싼 원두커피를 마시고, 물도 생수보다는 기능성 효과가 가미된 차를 즐긴다. 건강을 위해 술도 독한 소주, 양주보다는 와인처럼 건강에 도움이 되는 술을 선호하는 경향이 커지고 있다.

하루 종일 입에서 떼지 않는 마실 거리 중에서 아침 일찍 일어나 마시는 한 잔의 차가 인생을 바꿀 수 있다면 당신은 믿을 수 있겠는가. 한국에 최초로 차(茶)를 보급하고 차 문화를 정립한 초의선사가, 다도(茶道)가 말 그대로 도(道)의 경지에 이르면 '밥 먹고 물 먹는 모든 생활이 차 마시는 것과 똑같다.'는 다선일미(茶禪一味) 사상을 강조했듯이 차 한 잔을 제대로 마시는 습관을 들이면 인생이 달라질 수 있다.

아침 운동과 명상을 하고 아침식사까지 든든히 했다면, 출근하기 전에 잠시만 시간을 내 차 한 잔을 즐기자. 한번 습관을 들이면 평생을 간다는 차 마시는 습관으로 몸과 마음을 맑은 차향으로 씻어내 보는 것은 어떨까. 진한 향이 나는 커피에 길들여져 아침부터 속을 쓰리게 만들기보다는 은은한 향이 나는 차를 친구처럼 가까이 두자. 진한 향은 금세 가시나 은은한 향은 오래도록 입가를 떠나지 않으며 당신의 답답한 몸과 마음을 씻어 내릴 수 있다. 밥 먹고 물 먹듯 자연스럽게 차를 마시는 것이 생활의 한 방편으로 자리잡는다면 불행한 감정을 느낄 수 없을 것이다.

또한 차는 우리에게 많은 것을 가르쳐준다. 예를 들어 전통 다기(茶器)에는 손잡이가 없다. 손잡이가 달린 예쁘고 깜찍한 커피 잔과 달리, 뭉툭하고 투박스런 자연스러움이 묻어나는 다기들에는 왜 손잡이가 없을까. 차 마시는 이를 위한 배려의 뜻이라고 한다. 손잡이가 없기에 차의 온도가 손으로 그대로 전달되어, 뜨거운 차를 급하게 마셔 입을 데는 일이 없도록 하기 위해서다. 찻물이 적당히 식을 때까지 손으로 확인하며 기다릴 줄 아는 여유를 가르쳐주는

것이다. 또한 펄펄 끓는 물에 내리는 커피와 달리 차는 80도 정도의 물에서 연노랑색이 은근히 우러나올 정도로 내리는 게 제일 좋은데, 너무 뜨거운 물은 차의 좋은 성분을 파괴하고 맛도 쓰다는 것은, 우리에게 열정의 적절한 온도를 가르쳐준다.

　이처럼 차를 마시면 남을 배려하는 여유로움도 배울 수 있고, 100도의 펄펄 끓는 뜨거움보다는 80도의 적당한 온기를 통해, 금방 끓어올랐다가 금방 식어버리는 열정과 인간관계의 어리석음을 깨달을 수도 있다. 물을 끓이고 차를 내리며 바쁜 아침 출근 준비 동안에 잠깐의 여유를 가지며 바쁜 삶에서 마음을 차분히 가라앉혀 여유를 찾는 법을 배울 수도 있다. 그것뿐이랴. 차를 마시면 구취도 제거되고 불소 성분으로 치아를 보호할 수 있으며, 다이어트에도 효과적이다. 즉 차를 마시는 것은 당신의 몸과 마음에 건강을 심어주는 것이다.

　출근하기 전에 한 잔의 차를 마시자. 차를 마시며 하루를 계획하는 것도 좋고, 잠시 생각을 놓고 마음의 여유를 찾

아도 좋다. 맑은 차향을 벗 삼아 하루를 시작하면 당신의
하루는 분명 이전과는 확연히 달라질 것이다.

창의적
시간
활용법

24시간 이야기 출근길 ❖ 30분을 활용하라 ❖ 집중력을 높이는 방법
메모하라 ❖ 익숙한 것을 새롭게 바라보라 ❖ 바쁠수록 돌아가라

인류에게 일정량의 시간이 주어진다는 것은 매일 기적이 일어나고 있는 것과 다름없는 정말 놀라운 일이다. 또한 개인에게 주어진 시간은 그 누구도 훔칠 수 없다. 거지의 시간을 왕이라고 훔칠 수 없다. 시간이 많이 주어진 사람도, 시간이 적게 주어진 사람도 없다. 시간이야말로 가장 기본적이면서도 기초적인 민주주의의 대표적인 사례인 것이다. 이처럼 시간 앞에서는 모든 것이 평등하며, 평등한 기회가 주어진다. 부에 따른 특권 계급도, 지적 능력에 따른 특권 계급도 존재하지 않는다.

chapter 11

24시간 이야기

시간의 참된 가치를 알라. 그것을 붙잡아라. 억류하라. 그리고 그 순간순간을 즐겨라.
게으르지 말며, 해이해지지 말며, 우물거리지 마라
오늘 할 수 있는 일을 내일로 미루지 마라 – 체스터필드

유명한 소설가와 친구 사이에 있었던 일화이다. 친구는 문학청년 시절만 해도 뛰어난 감수성으로 늘 주위의 부러움을 사던 인물이었다. 반대로 소설가는 열심히는 하는데 감수성이 모자라다는 평을 들어야만 했다. 그러나 세월이 흘렀을 때 둘의 입장은 뒤바뀌었다. 감수성이 뛰어났던 친구는 그냥저냥 넥타이 부대의 일원이 되었지만, 소설가는 문단의 스포트라이트를 받는 유명 인물이 되어 있었다. 젊을 때는 저만도 못했는데 소설가로 잘나가서였을까. 젊은 날의 꿈을 접지 못하는 친구는 오늘도 소설가 친구를 불러

내 소주를 들이키며 푸념을 늘어놓았고, 친구라는 이유 때문에 따끔하게 충고 한번 못하던 그가 결국 친구를 다그쳤다.

"자네는 늘 시간 타령만 하는군. 자네는 기억하는가? 1년 전도, 3년 전도, 10년 전에도 자네는 항상 똑같은 말만 되풀이했던 것을. 만약 자네가 시간 타령을 늘어놓는 동안 글을 썼다면 어떻게 됐을지 아는가? 하루에 원고지 3장만 꼬박꼬박 썼어도 1년에 1,100매 분량의 장편소설을 쓸 수 있었다네. 매해 한 권씩 말이지."

"문학이 무슨 풀빵을 찍는 기계라도 되는가?"

친구가 반박을 하자 그는 피식 웃으며 말했다.

"그럼 나는 풀빵 찍는 기계인가 보군. 나는 오늘도 술자리가 끝나면 집에 가서 원고지 3장을 채워야만 잠을 잘 테니 말일세."

결국 친구는 다시는 그 앞에서 시간 타령을 하지 못했다고 한다.

시간이란 무엇인가. 시간이란 모든 것을 창조하는 근본

이면서도 무엇이라고 딱히 설명할 수 없는 불가사의한 존재다. 없으면 절대로 안 되고, 일분일초도 그냥 흘려버릴 수 없는 시간으로 인해 모든 것이 가능하다. 시간이 없다면 아무것도 존재하지 않는다.

인류에게 일정량의 시간이 주어진다는 것은 매일 기적이 일어나고 있는 것과 다름없는 정말 놀라운 일이다. 또한 개인에게 주어진 시간은 그 누구도 훔칠 수 없다. 거지의 시간을 왕이라고 훔칠 수 없다. 시간이 많이 주어진 사람도, 시간이 적게 주어진 사람도 없다. 시간이야말로 가장 기본적이면서도 기초적인 민주주의의 대표적인 사례인 것이다. 이처럼 시간 앞에서는 모든 것이 평등하며, 평등한 기회가 주어진다. 부에 따른 특권 계급도, 지적 능력에 따른 특권 계급도 존재하지 않는다. 천재라고 해서 여분의 시간이 더 주어지는 것은 결코 아니다. 더군다나 시간이라는 둘도 없는 귀중품을 아무렇게나 낭비하더라도 괘씸죄에 걸려 공급이 중단되는 일이 벌어지지도 않는다.

"그 녀석은 시간을 줄 가치도 없는 바보다. 시간 공급을 중단해!"

시간을 허투루 소비한다고 누가 이런 말을 할 수 있겠는가. 시간은 정부가 발행하는 공채보다도 훨씬 정확하다. 게다가 가까운 장래의 시간을 끌어당겨 미리 사용할 수도 없다. 유일하게 가능한 일이라고는 지금 지나가고 있는 현재라는 시간을 낭비하는 일뿐이다.

아침에 눈을 뜨면 당신의 지갑 속에는 기적과도 같은 빳빳한 24시간이 가득 채워져 있다. 24시간이야말로 인생에서 가장 귀중한 재산이다. 당신은 지금 이 순간을 낭비해서는 결코 안 된다. 24시간은 오직 당신만을 위해서 존재할 뿐이다. 당신만을 위한 기적이다. 자, 당신 앞에 놓여 있는 기적과도 같은 24시간을 어떻게 할 것인가?

chapter 12

출근길 30분을 활용하라

미래를 신뢰하지 마라. 죽은 과거는 묻어버려라. 살아 있는 현재에 행동하라 — 롱펠로

"하루 24시간 중에서 당신만의 시간은 과연 얼마나 됩니까?"

내가 이렇게 물으면 당신은 따져볼 필요도 없이 즉각 대답할 것이다.

"거의 없죠. 기억도 나지 않는 걸요."

당신은 자신만의 시간이 채 1시간도 되지 않는다는 것을 절감할 것이다. 아침 9시부터 오후 6시까지의 직장생활에서 개인적인 시간을 가진다는 것은 불가능하다. 종일 업무에 매달리는 것은 물로 아니지만, 업무 이외의 모든 것들도 하나의 '노동' 일 수밖에 없기 때문이다. 퇴근해서도 시간을 갖는 것은 말처럼 쉽지 않다. 만약 당신이 결혼을 했고, 아이들까지 있다면 1~2시간을 자신을 위해 낸다는 것 자체가 '큰맘 먹고 저지르는 외도' 처럼 여겨질 것이 틀림없다.

만약 자신만의 시간을 가지고 싶다면 아침 출근길, 저녁 퇴근길에 집중하라. 당신은 출퇴근 시간을 합쳐 무려 1~2시간이라는 엄청난 시간을 매일같이 쓸데없이 흘려버리고 있는 것은 아닌가. 일반적으로 직장인들은 출근에 1시간 가량을 소비한다. 그중에서도 길을 걷거나 차를 기다리는 시간을 빼면(이 시간도 아까워 손에서 책을 놓지 않는 이들도 있다!) 최소한 30분 정도는 충분히 시간을 가질 수 있다. 고작 30분이라고? 무려 30분이다! 출근시간과 똑같이 퇴근시간 30분을 합치면 하루에 무려 1시간이다. 1년이면 365시간이고, 80년이면 29,200시간이다. 그 정도면 아무리 어려운 공부라도 하루하루 지속한다면 끝장을 볼 수 있는 값진 시간이다.

이처럼 소중한 출퇴근 시간을 제대로 활용하지 못하는

이유는 불편함 때문이다. 소파에 앉아 차를 마시듯 여유롭게 누릴 수 있는 시간은 아니기 때문이다. 버스와 지하철을 타야 되고, 자동차를 운전해야만 한다. 그러나 반대로 생각해 보자. 출퇴근 시간에 직장상사의 눈치를 볼 필요가 있는가, 아내와 아이들의 눈치를 볼 필요가 있는가. 그 시간만큼은 눈치를 볼 필요가 전혀 없다. 오직 당신만의 시간이다. 불편함쯤은 충분히 감당할 수 있지 않은가.

그런데도 당신은 쓸데없이 남의 시선에 신경을 쓰느라 소중한 시간을 제대로 활용하지 못하고 있다.

"왠지 나만 바쁜 척 잘난 척하는 것 같아 쑥스럽기도 하고, 옆 사람이 힐끗거리는 것도 신경 쓰이고……."

다들 꾸벅꾸벅 졸거나 아무 일도 하지 않고 있는데 혼자 열심히 무언가를 하는 게 쑥스럽다는 어리석은 생각을 하는 사람들이 의외로 많다. 낯선 시선들을 의식하면 당신은 열심히 졸거나, 졸리지도 않으면 멀뚱히 창 밖으로 스쳐가는 익숙한 풍경만 의미 없이 바라볼 수밖에 없다. 그 순간 당신은 익명의 대중에 포함되고 만다.

정말 남의 시선을 의식한다면 오히려 멋지게 보이는 방

법을 찾아야 하는 것 아닐까?

출퇴근 시간을 활용한다면 한 가지 일에 집중적으로 몰두할 수 있다. 이처럼 귀중한 시간을 낭비한다는 것은 도저히 용납할 수 없는 일이다. 이어폰으로 영어회화를 들을 수도 있다. 포켓용 서적이나 가벼운 책 한 권, 아니면 메모할 수 있는 작은 수첩을 준비하자. 당신의 소중한 시간을 헛되이 흘려버리지 마라.

chapter 13

집중력을 높이는 방법

전력을 다 해서 시간에 대항하라 - 톨스토이

베테랑 동물 조련사 중에는 난폭한 사자가 있는 우리에 들어갈 때 의자를 가지고 들어가는 이들이 있다. 조련사는 회초리와 만약의 사태를 대비해 허리춤에 권총을 차고 있는데도 의자의 네 다리를 사자를 향해 내민다. 이유는 간단하다. 사자는 자신을 향해 다가오는 의자의 네 다리에 초점을 맞추려고 애쓰게 되는데, 초점이 네 개나 돼 일종의 무기력감에 빠져든다는 것이다. 결국 집중력이 분산된 사자는 온순해지고 만다.

이처럼 세상에는 초점을 맞출 만한 것들이 정말 많지만,

정작 모든 것에 초점을 맞추려들면 들수록 초점을 상실하고 마는 것이 세상의 이치다.

"당신의 집중력은 어느 정도인가? 여태껏 살아오면서 완벽하게 집중한 경험이 몇 번이나 있는가?"

인생의 성공은 지능지수가 아니라 집중력에 달려 있다. 집중력만 좋다면 지능지수 같은 수치는 아무런 의미가 없다. 머리 좀 믿고 까불었던 친구들 중에 성공궤도를 달리는 경우가 없고, 고급 외제차를 타고 다니는 친구가 학창시절에는 할 줄 아는 게 공부밖에 없다고 핀잔을 듣던 어수룩한 친구이지 않던가.

당신은 집중력에 관한 기적 같은 경험을 기억 속에서 쉽게 끄집어낼 수 있을 것이다. 시험시간 몇 분 전에 집중적으로 공부해 만점을 받은 경험부터, 몇 달의 집중적인 공부로 전교 석차가 껑충 뛰어오른 경험들 말이다. 집중을 통해 맺은 놀라운 결실, 세상을 다 가진 것 같은 환희는 기억 속에서 결코 잊혀지지 않는 법이다.

"아침 출근 30분 동안 해봤자 뭘 하겠어?"

당신의 말처럼 30분은 객관적으로 판단하면 긴 시간이 아니다. 잠시 딴청을 피우면 그냥 흘러가버리는 시간이다. 무엇인가를 계획하고 행동에 옮기려고 준비하고, 서서히 몰입의 단계로 나아가다 급전직하로 황급히 버스에서 내리는 일을 거듭한다면, 당신의 말에도 일리가 있다. 그러나 시간을 집중적으로 활용할 수 있다면 효과는 엄청나다.

집중만 할 수 있다면 시간은 결코 문제가 되지 않는다.

한 가지의 화두에 정신을 집중하라. 주제와 소재는 상관 없다. 연인과의 문제, 친구와의 문제, 직장 문제부터 사소한 문제들까지 어떤 문제든 한 가지만 고르자. 화두를 잡았다면 회사에 도착할 때까지 정신을 집중하는 것이다. 화두를 잡고 늘어지는 것은 말처럼 쉽지 않다. 다른 잡다한 생각들이 시시각각 끼어들어 어느새 전혀 엉뚱한 생각을 하게 된다. 생각이 의지와 별다른 관련이 없다는 것을 절감할 것이다.

생각이 바뀔 때마다 정신을 차리고 처음의 화두로 되돌아와라. 처음에는 출근 30분 동안 30번은 다른 생각으로 빠져나가는 것을 경험할 것이다. 첫술에 배부를 수는 없다. 매일같이 반복하면 어느새 20번, 15번, 10번으로 횟수가 줄어든다. 그리고 어느 날 단 한 가지 생각에 집중하는 자신을 발견할 수 있을 것이다.

반복적인 훈련은 놀랄 만큼 집중력을 높여준다. 그 뒤 집중력을 발휘해 30분 동안 할 수 있는 일들을 매뉴얼로 만들어 보라. 30분 동안 할 수 있는 일들이 의외로 무궁무진

하다는 것을 깨달을 수 있을 것이다.

한 가지만 생각하라!

잡념을 과감하게 떨쳐버리고 오직 한 가지 화두에 매달려라. 당신이 사자인지 고양이인지는 상관이 없다. 네 개의 초점에 혼란을 겪는 무기력한 사자보다는 하나에 초점을 맞출 수 있는 고양이가 훨씬 더 무서운 법이다. 한 가지 화두를 붙잡을 수 있는 집중력에 인생에 대한 성공 열쇠가 있다.

chapter 14

메모하라

기록하고 잊어라
잊을 수 있는 기쁨을 만끽하면서 항상 머리를 창의적으로 쓰는 사람이 성공한다
그 비결은 바로 메모 습관에 있다 – 사키토 겐지, 『메모의 기술』 중에서

반복적인 훈련을 통해 집중력을 기른 당신은 출근길 30분 동안 눈을 감고 졸고 있거나 멍청한 얼굴로 창 밖을 응시하는 사람들 속에서 당당히 책을 꺼내든다. 책은 쉽게 읽는 직장생활을 휘한 자기계발서일 수도 있고, 자격증에 관련한 수험서이거나 부족한 영어 실력을 위한 영어책일 수도 있다. 혹은 재미있는 소설책도 좋다.

집중해서 책을 읽는 어느 순간 당신은 분명히 놀라운 경험을 하게 될 것이다. 책을 읽던 중 문득 기발한 아이디어가 떠오르는 것이다. 책의 내용과 연관된 생각일 수도 있고, 내용과는 전혀 상관이 없는 엉뚱하면서도 기발한 생각일 수도 있다. 사실 세상이 책을 읽으라고 귀에 못이 박히도록 이야기하는 것이 바로 이런 놀라운 경험 때문이다. 책은 지식도 주지만, 전혀 생각도 못한 지혜의 단초를 제공하기 때문이다.

'아, 만약 그렇게 하면 일이 훨씬 쉽겠네!'

당신은 갑자기 떠오른 아이디어에 흥분을 금치 못한다. 그리고 잊어버리지 않기 위해 적어두어야 할 필요성을 느낀다. 그러나 메모가 귀찮아 관두고 만다.

'에이, 기억했다가 회사에 가서 적어야지.'

당신은 머릿속에 확실히 기억했다고 자신하며 다른 생각에 빠져든다. 결국 불과 몇 분 전에 떠올렸던 획기적인 아이디어(아마도 백만 달러짜리!)는 훨훨 날아가 버린다. 출근해 메모지를 붙잡고 늘어져 봤자 머리를 쥐어뜯으며 비명을 지를 수밖에 없다.

"으악, 메모해 둘 걸!"

당신의 머릿속을 떠난 아이디어는 어떻게 됐을까. 훨훨

공중을 떠돌다 열심히 메모하는 어떤 이의 머릿속에 사뿐히 내려앉아 곧바로 메모지에 옮겨지게 된다.

21세기는 다양한 정보와 톡톡 튀는 창의성이 주목받는 시대다. 이 둘의 효율성을 최대한 발휘할 수 있는 수단이 바로 '메모(memo)'이다. 당신은 하루에도 수많은 생각을 한다. 대부분이 어제 했던 고민의 연장선상에 있는 쓸데없는 고민들이지만, 가끔 신선한 아이디어가 튀어나올 때가 있다. 그러나 인간의 기억력은 정말 짧기만 하다. 게다가 신선한 것일수록 우유처럼 유통 기한은 정말 짧다! 이것이 당신이 메모 습관을 들여야 하는 이유다. 메모는 중요한 일을 잊어버리지 않게 해 실수를 줄여줄 뿐만 아니라 상상하지 못한 순간에 튀어나오는 창조적인 발상을 기록하게 도와준다.

메모를 정리하는 것은 당신의 삶을 정리하는 것과 같다. 크고 작은, 바쁘고 덜 바쁜 일과 계획들이 뒤죽박죽된 일상을 정리하는 데 있어 메모만큼 효과적인 수단이 없다.

기록은 기억보다 강하다. 메모하라.

chapter 15

익숙한 것을 새롭게 바라보라

내가 헛되이 보낸 오늘 하루는
어제 죽어간 이들이 그토록 바라던 하루이다 – 소포클레스

어떤 사람이 미켈란젤로의 아름다운 조각상을 보고 감탄
하며 물었다.

"보잘것없는 화강암에서 어떻게 이런 훌륭한 작품을 만
들어낼 수 있습니까?"

미켈란젤로는 고개를 저으며 답했다.

"아름다운 형상은 처음부터 화강암 속에 있었던 것입니
다. 나는 단지 불필요한 부분들만을 깎아냈을 뿐이죠. 당
신은 화강암 속에 깃든 아름다움이 보이지 않습니까?"

당신에게는 무엇보다 '사물을 새롭게 바라보는 습관'이

필요하다. 평범한 돌에서 보석을 발견할 수 있기 위해서는 남들이 보지 않는 부분을 찾아내야 하는데, 기존의 시각을 답습만 한다면 절대 불가능하기 때문이다. 이 새롭게 바라보는 습관은 달리 말하면 '창의성' 이라 할 수 있다.

"당신은 창의적으로 사물을 바라보고 있다고 자부하는가?"

30분이라는 시간에 대해서도 고정관념을 가지고 있던 당신은 집중만 할 수 있다면 가능한 일들이 무궁무진하다는 것을 알았다. 마찬가지다. 당신의 주위에는 창의적인 시각으로 보면 먼지를 털어내고 빛을 낼 보석들이 널려 있다. 다만 여태까지는 당신의 안목이 그것을 미처 발견하지 못하고 있었던 것이다.

창조적인 생각은 우주에서 떨어진 별똥별처럼 생뚱맞은 것이 결코 아니다. 우리들 일생생활에서 편리하게 쓰이는 수많은 발명품들은 기존의 사물을 '새롭게 바라본' 누군가의 창의적인 안목에 의해 고안된 것들이다.

예를 들어 가시철조망은 13살의 가난뱅이 양치기 소년에 의해 고안됐다. 툭하면 울타리를 넘어 다른 농장의 작

물에 피해를 주는 양들이 가시 돋은 장미넝쿨에는 접근하지 못하고 피해 가는 것을 보고 발명한 것이다. 특허권이 끝날 때까지 그가 벌어들인 돈은 공인회계사 11명이 1년 동안 다 계산하지 못할 만큼 엄청난 금액이었으며, 가시철조망의 사용량은 제1차 세계대전이 끝날 때까지 사용된 포탄의 양보다 훨씬 많았다고 한다.

"왜 그렇게 생각하지? 왜 저렇게만 바라보지?"
당연하게 생각하는 것들에 의문을 가져라. 뒤집어서 생각해 보라. 창의적인 안목이 놀랍게 늘어날 것이다. 놀랍게 변모한 안목은 당신의 인생을 풍요롭게 할 것이다.

chapter 16

바쁠수록 돌아가라

먼저 핀 꽃은 먼저 진다
남보다 먼저 공을 세우려고 조급히 서둘 것이 아니다 – 채근담

알을 깨고 나오는 병아리가 있다. 한 시간, 두 시간……
한없이 더딘 시간이 지날수록 껍질이 깨져나간다. 손가락
으로 살짝 눌러도 금세 깨질 껍질이지만, 병아리에게는 콘
크리트 담벼락만큼이나 두꺼운 벽이다. 만약 당신이 병아
리가 안쓰러워 한쪽 껍질을 살짝 떼어주면 어떻게 될까.
힘겨운 사투를 벌이고 있는 병아리한테 고마운 일일까.

아니다. 도움을 받은 병아리는 자신의 힘으로 끝까지 껍
질을 깨고 나온 병아리보다 쉽게 병들고 쉽게 죽는다. 혼
자 힘으로 힘든 과정을 겪은 병아리가 훨씬 더 자생력이

높아지기 때문이다.

　바쁠수록 돌아가라는 옛말이 있다. 마음이 바쁘고 감정
이 격해 있을 때는 본질을 제대로 파악하기 어렵고, 기껏
일을 진행해도 치명적인 실수를 저지를 가능성이 크다.
　"너무 가까이 있지 마라. 그렇다고 너무 멀리 있지도 마
라."라는 어느 철학자의 말처럼 적당한 거리를 유지하는
것은 정말 중요하다.
　당신의 거리감은 어떤가. 말썽 많은 세상에서 거리를 잘
못 측정해 낭패를 본 경험이 있을 것이다. 믿을 수 있는 사
람인 것 같아 속내를 드러냈다가 뒤통수를 맞기도 하고,
친하게 굴었으면 떡이라도 하나 더 얻어먹을 수 있는 사람
에게 거리를 두어 이득을 얻지 못한 경우도 있다. 또한 병
아리처럼 당신의 섣부른 도움이 도리어 상대에게 큰 피해
를 주는 경우도 있다. 마찬가지로 어려울 때마다 도움을
주는 사람 때문에 당신의 인생을 망칠 수 도 있다.

　농부는 파종을 할 때면 일정한 간격을 두고 파종한다. 씨

앗들이 자라 뿌리와 잎을 마음껏 뻗을 수 있는 공간을 확보하고, 땅의 자양분을 흡수하도록 하기 위해서다. 바쁜 상태에서 모든 것이 혼란스럽고 답이 보이지 않을 때일수록 기본으로 돌아가야 한다. 사안의 본질을 제대로 파악하지 못한 채 빨리 처리하는 것에 얽매여 일을 진행해서는 안 된다. 적당한 거리를 두어라. 조급함은 일을 그르치는 적이다. 바쁠 때는 돌아가라. 먼 길을 돌아가는 것 같지만 그 길이 바로 지름길일 수 있다.

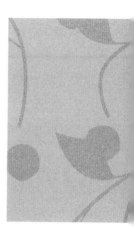

인생의
축소판
하루에
집중하라

하루를 대하는 마음가짐 ❖ 내적 하루를 만들어라 ❖ 하루 15분 낮잠 효과

원숭이도 나무에서 떨어지는 날이 있다 ❖ 토끼의 딜레마 ❖ 하루에 상대성 이론을 적용하라 ❖ 마감을 정하라

하루 안에 또 다른 하루를 만들어라. 그것이 바로 '내적(內的) 하루'이다. 내적 하루란 큰 상자 속에 들어 있는 작은 상자와 같은 원리다. 저녁 6시 퇴근부터 다음날 9시 출근 시각까지의 15시간을 또 다른 하루로 만드는 것으로, 15시간은 아침 9시부터 저녁 6시까지 오직 밥벌이를 위해 소비하는 시간들과 전혀 다른 성질의 시간이라는 것을 깨달아야 한다. 이 시간은 오직 당신의 정신을 살찌우고 몸을 강하게 단련시키거나, 가족 간의 유대와 애정을 쌓는 데만 쓰는 것이다.

chapter 17
하루를 대하는 마음가짐

개선으로부터 몰락까지의 거리는 단 한 걸음에 지나지 않는다
나는 사소한 일이 가장 큰일을 결정하는 것을 많이 보았다 – 나폴레옹

　나는 여태껏 당신에게 일상의 아침을 어떻게 보내야 하
는지에 대해 말했다. 아침 일찍 깨어난 새가 모이를 더 쪼
아 먹을 수 있다는 만고불변의 진리를 귀가 따갑게 들려주
었던 것이다. 그러나 성공하기 위해서 마냥 열심히 하는
것만으로도 무언가 부족한 시대가 바로 오늘날이다. 하루
일과를 정해놓고 옆도 뒤도 돌아보지 않고 앞만 보고 내달
린다고 무조건 성공이 보장되지는 않는 게 세상살이의 오
묘함 아니겠는가. 열심히만 한다고 정말 인생에서 100%
성공할 수 있을까. 가능성은 높지만 마냥 장담할 수만도

없는 일이다. 변수는 어디에나 존재한다.

    한비자가 말했다.

    "사람이 높은 산에 걸려 넘어지는 법은 없으나, 의총(蟻塚. 개미무덤)에는 걸려 넘어진다."

    일반적인 생각과 달리, 인생에서 실패를 경험하게 되는 까닭은 원대한 꿈 때문이 아니다. 일상의 사소한 돌부리에 걸려 실패하는 것이다. 그렇기에 당신이 인생의 원대한 목표를 세웠다면, 작은 돌부리와 같은 하루하루가 중요한 것이다.

    "하지만 인생이 맘대로 됩니까. 눈에 보이는 돌부리는 피할 수 있지만, 풀숲 사이에 몰래 숨어 있는 돌부리들이 얼마나 많습니까?"

    그렇기에 중요한 것이 당신의 마음가짐이다.

    아무리 철저한 계획을 세우고 노력해도 모든 일이 다 잘 풀리지만은 않으며, 충분히 돌부리에 걸려 넘어질 수 있다는 사실을 명심하라. 성공하기 위해서 인생을 설계하고 미리 계획을 세워두지 않는 인물들은 여기서 평가할 가치도 없다.(의외로 많은 사람들이 인생의 명확한 목적도 없이 순간의 욕구에 맞게 허겁지겁 살고 있지만) 내가 여기서 말하는 것은 열심히 노력해도 소위 운이 따라주지 않아 실패하는 인물들이 종종 있다는 것이다. 이럴 경우 그들은 심각한 좌절을 겪게 된다. 자신의 능력을 의심하고, 인생에 대한 회의감에 기가 꺾인다.

그럴 필요 없다. 마음가짐을 달리하라. 오늘 당신의 계획은 정말 소중하지만, 어쩔 수 없는 일 때문에 계획한 바를 못 이룰 수도 있다. 실패에 대담해져라. 실패에 주눅 들지 말고 실패를 통해 배워라. 더불어 정확한 목표를 설정하고, 목표를 이루기 위해 가장 효율적인 방법을 찾아 활용하라. 성공한 사람들의 일과에 대해 단편적으로 정의를 내리기는 쉽지 않다. 그들의 시간 관리 및 활용은 자신이 처해 있는 환경에 가장 적합한 방식으로 발전해 있기 때문이다. 예를 들어 현대그룹의 고(故) 정주영 명예회장은 주력 사업인 건설업의 특성에 맞게 새벽 4~5시 이른 새벽부터 일선에 나가 업무를 시작하고 저녁 9시면 어김없이 취침을 했다고 한다. 반면 6개월만 지나면 최신형 제품도 고물이 돼버리는 IT분야가 주력사업인 삼성그룹의 이건희 회장은 일선에서 사업을 챙기는 것보다는 정확한 미래를 구상하기 위해 혼자 사색에 잠기는 시간을 많이 가지거나 다양한 인사들을 만나 그들의 말을 경청하는 시간을 많이 가진다고 한다.

　당신의 환경에 맞게 하루를 계획하고, 설사 종종 실패한다고 해도 자책하지 마라. 긍정적인 마음가짐으로 오늘 못한 일까지 내일은 반드시 이루겠다는 의지를 다져라. 그것이 바로 당신이 하루를 대하는 올바른 마음가짐이다.

chapter 18

내적 하루를 만들어라

시간의 걸음걸이에는 세 가지가 있다. 미래는 주저하면서 다가오고,
현재는 화살처럼 날아가고, 과거는 영원히 정지하고 있다 - 실러

"사회생활에서는 어느 정도 명예도 쌓고, 돈도 벌었는
데…… 그것뿐입니다. 남은 게 없습니다."

머리가 희끗한 중년 신사들 중에서 참담한 심정을 토로
하는 이들이 적지 않다. 나이가 들어서 참담함을 겪는 이
유는 대개 두 가지의 경우로 나눠볼 수 있다.

우선은 가족이다. 정신없이 앞만 보고 내달리던 어느 날
문득 주위를 둘러보니 외톨이가 된 느낌. 특히 '가족'에 대
한 헌신에 익숙한 대한민국의 가장들에게 이와 같은 참담
한 일들이 많이 벌어지고 있다. 가족을 위해 헌신하느라

가족과 함께 있지 못했더니, 늙어 가족에게 되돌아갈 때가 되자 되레 가족에게서 따돌림을 당하는 것이다.

다음은 본연의 정체성이다. 젊은 날 꿈꿔왔던 참다운 인생의 궤도와는 한참 어긋나 버린 채 밥벌이에 치여 훌쩍 늙어버린 현실이 괴로운 것이다. 인생을 정리할 나이가 되어서야 인생의 참다운 의미에 눈길을 돌리게 되는 것이다.

"젊었을 때 열심히 사는 것은 당연한데……. 늙어서 회의감이 들지 않을까, 그게 정말 두렵습니다."

앞날을 걱정하며 한숨짓는 이들에게 방법은 단 하나밖에 없다. 하루 안에 또 다른 하루를 만드는 것이다. 그것이 바로 '내적(內的) 하루'이다. 내적 하루란 큰 상자 속에 들어있는 작은 상자와 같은 원리다. 저녁 6시 퇴근부터 다음날 9시 출근 시각까지의 15시간을 또 다른 하루로 만드는 것으로, 15시간은 아침 9시부터 저녁 6시까지 오직 밥벌이를 위해 소비하는 시간들과 전혀 다른 성질의 시간이라는 것을 깨달아야 한다. 이 시간은 오직 당신의 정신을 살찌우고 몸을 강하게 단련시키거나, 가족 간의 유대와 애정을 쌓는 데만 쓰는 것이다.

밥벌이로부터 해방되는 내적인 하루는 외적인 성적표가 아니라 내적인 성적표를 결정짓는 시간이다. 내적 하루까지 굳이 돈을 벌 필요는 없다.(요즘에는 이 시간에도 돈을 더 벌려고 또 다른 일거리를 찾는 이들이 늘어나는 정말 안타까운 현상이 벌어지고 있지만) 당신은 잠에서 깨어 잠이 들기 전까지 악착같이 일해 많은 돈을 벌어 떵떵거리면서 살고 싶지만, 한편으로 오늘 하루하루를 소중한 가족과 함께 즐겁게 보내고

싶기도 하다.

안타까운 것은 양자가 결코 양립할 수 없다고 늘 귀가 따갑도록 배워왔다는 사실이다. 사회생활에서 성공하려면 가정생활을 포기해야 하며, 가정생활에 충실한 남자치고 사회생활에 성공하지 못한다는 식의 어느 한 쪽의 희생이 당연하다는 논리 말이다. 실제로 가족의 풍족한 삶을 위해 가족과의 단란한 오늘을 포기하는 것이 마치 남자라면 갖춰야 할 대단한 미덕처럼 이 땅의 남자들은 배워왔다. 그러나 이런 생각은 한참 잘못된 생각이다. 하루에 또 다른 하루를 만든다면 결과는 달라질 수 있다. 내적 하루 동안에 가족에 충실하거나, 본연의 모습에 충실하다면 결과는 충분히 뒤바뀔 수 있다.

"외적 하루에도 충실하고, 내적 하루에도 충실하면 도대체 쉴 시간은 언제입니까?"

내적 하루인 15시간에 정력을 쏟으면 다음날 밥벌이를 해야 하는 9시간에 능률이 떨어지지는 않을지 걱정할 수도 있다. 쓸데없는 걱정이다. 오히려 능률이 오를 가능성이 더 크다. 대다수의 사람들이 미처 깨닫지 못하는데, 즐거운 마음으로 하는 노동은 쉽게 피로를 느끼지 않는 법이다.

예를 들어 내적 하루의 시작과 함께 밥 먹고 소파에 드러누워 텔레비전을 보다가 맥주 한 캔 마시고 내일의 밥벌이를 위해 잠자리에 드는 A가 있다. 반대로 가족과 함께 산책하며 도란도란 이야기꽃을 피우고, 아이들이 잠들면 사랑하는 아내와 함께 시간을 보내고, 책을 읽다가 잠자리에 드는 B가 있다. B는 A보다 퇴근 후에 더욱 많은 활동을 하지만 다음날 A보다 더 피곤한 것은 절대 아니다. 오히려 활력을 얻을 수 있다. 잘 알지 않은가. 즐겁고 충만하면 힘이 솟고 덜 피곤하다는 것을.

개척자들이 삼림 속에서 새로운 토지를 개척하는 것처럼 새로운 '내적 하루'를 개척하자. 당신의 외적 인생이 아무리 찬란해도 함께 나누며 행복할 수 있는 가족이 없고, 스스로 만족하지 못한다면 아무런 쓸모도 없는 성공일 수밖에 없다.

chapter 19
하루 15분 낮잠 효과

수면은 피로한 마음의 최상의 약이다 - 세르반테스

세상의 그 어떤 사람도 이것 앞에서는 병든 닭처럼 무기력하기만 하다.

세상에 존재하는 수많은 고문 중에서도 이것만큼 무서운 게 없다.

세상에서 가장 힘센 사람도 절대 물리치지 못하며, 그 앞에서만 서면 벌벌 떨게 만드는 그것은 바로 '졸음'이다.

인간이라면 누구나 하루에 한 번은 꼭 졸음이 몰려온다. 특히 점심시간 뒤에 쏟아지는 졸음은 이겨낼 재간이 없다.

그러나 당신은 질 줄 뻔히 알면서도 졸음과 힘겨운 싸움을 벌이기 시작한다. 졸음을 이겨내려고 커피를 마시고 바깥바람을 쐬며 끈덕지게 달라붙는 졸음을 쫓는다. 그렇지만 결국에는 한 소리 들을 각오로 상사와 동료의 눈치를 살피며 꾸벅꾸벅 졸기 시작한다. 사실 당신은 졸음이란 몰아낸다고 몰아낼 수 있는 게 아니란 것을 알고 있다. 그럼에도 졸음이 몰려올 때 순응하지 않고 어떻게든 안간힘을 쓰는 것은 잘못된 고정관념 때문이다.

"졸지 마라!"

당신은 아주 어렸을 적부터 이렇게 배웠다. 꾸벅꾸벅 졸다가 선생님에게 들키면 어김없이 회초리를 맞아야 했다. 때문에 아직도 졸음은 부정적이라는 생각을 쉽게 떨쳐 버리지 못하는 것이다.

졸리면 10~20분 동안 푹 자라!

졸음은 인간의 신체리듬이 만드는 거부할 수 없는 고유 현상이다. 인간의 수면 주기는 오후 9~11시 사이의 긴(밤) 수면과 오후 2시의 짧은(낮) 수면, 즉 하루에 두 번 잠을 자도록 유전자 프로그래밍 되어 있다. 게다가 오후 2시에 취하는 15분 정도의 짧은 수면은 밤잠 1시간이 넘는 가치를 지니고 있다고 한다. 과학적인 연구에서도 낮잠은 집중력과 판단력을 증가시키고, 건강을 증진시키며, 20%가 넘게 생산성을 향상시킨다는 결과가 보고되고 있다. 15분의 낮잠이 스트레스를 줄이고 좀 더 창의적인 생활을 누릴 수 있도록 도와주는 것이다.

잠은 1~4단계를 거쳐 REM(Rapid Eye Movement)단계로 접어드는 과정을 반복한다. 3~4단계에서는 잠에 푹 빠져 있기에 깨어날 때도 힘들며, 깨어나서도 개운한 느낌을 받기 어렵다. 따라서 첫 1~2단계인 15~20분의 얕은 수면단계의 낮잠을 즐기는 것이 가장 좋다.

일의 능률과 집중력을 위해서 평균 15분을 투자한다고 당당히 생각하라. 졸린 채로 일을 진행했다가 낭패를 본 경험이 있지 않은가.

만약 낮잠을 자려면 점심시간 뒤에 바로 낮잠을 자기보다는 1시간 후에 낮잠을 자는 것이 좋다. 음식물을 먹고 1시간이 지나지 않아 낮잠을 자는 것은 몸에 부담이 될 수밖에 없다. 섭취 1시간 이내에 자면 위산이 식도로 넘어와 식도염에 걸릴 수 있기 때문이다. 반대로 오후 4시 이후의 피곤은 몸의 피로에 기인한 것이기 때문에, 이때 잠을 자면 밤잠을 설칠 확률이 커진다. 따라서 4시 이후의 졸음은 참는 것이 좋다.

"졸리니 15분만 자겠다고 어떻게 당당하게 말을 한답니까?"

우리 사회에는 아직까지도 불굴의 의지로 졸음을 쫓아내기를 바라는 상사들이 많다. 그러나 차츰 기업 문화도 '효율성'을 극대화하는 측면에서 '잠깐의 낮잠'을 대체로 묵인해 주는 분위기로 흐르고 있는 것 또한 사실이다. 그만큼 10~15분의 낮잠을 잔다고 예전처럼 호되게 꾸지람을 당하지는 않는 분위기라는 것이다.

눈치 보지 말고 당당히 자라. 아예 안대와 귀마개를 마련해 낮잠의 효율성을 극대화시키는 뻔뻔함이 필요하다. 살짝 라벤더 오일 한 방울을 티슈에 떨어뜨려 머리맡에 놓아두는 감각을 발휘해 짧고 강한 낮잠의 효과를 극대화하는 것도 좋다.

만약 직장 상사가 자고 있는 당신을 깨워 문책을 한다면 당당하게 말하라.

"최근의 낮잠에 대한 연구결과를 아직까지도 못 보셨나 봅니다. 1시간 동안 꾸벅꾸벅 조느니, 15분 동안 자고 45분을 열심히 일하는 게 훨씬 효과적입니다."

아마도 상사가 제대로 된 사람이라면 면박을 주는 일은 없을 것이다. 당당하게 한숨 자라. 그리고 말짱한 정신으로 활기차게 일하라. 병든 닭처럼 꾸벅꾸벅 조느니, 사자처럼 늘어지게 자고 먹이를 잡을 때는 날쌔게 움직여라.

chapter 20

원숭이도 나무에서
떨어지는 날이 있다

평온한 바다는 결코 유능한 뱃사람을 만들 수 없다 – 영국 속담

폭풍우가 몰아치는 날에 굳이 바다에 배를 띄울 필요가
있을까?

하루의 컨디션이 마냥 좋을 수만은 없다. 1년 365일이
마냥 활기찰 수는 없다. 맑은 날이 있으면 흐리고 폭풍우
가 치는 날도 있는 법이다.

그런 날은 아침부터 유독 몸이 무겁다. 잠을 푹 잤는데도
피곤이 어깨를 짓누른다. 컨디션이 좋지 않은 당신은 하루
가 불안하다. 뭔가 엉뚱한 데서 일이 터질 것만 같고, 평소
안 하던 실수를 할 것만 같다. 이상하게도 기분이 찜찜하

다. 아니나 다를까. 아침밥을 먹다 돌을 씹고, 와이셔츠를 입다 단추가 떨어지고, 말다툼할 일도 아닌데 아침부터 이상하게 아내와 시비가 붙고, 출근길에 돌부리도 없는데 발이 걸려 넘어질 뻔하고, 횡단보도 건너편 정류장에서 막 출발하는 버스를 보고, 차를 몰고 출근하면 이상하게도 신호마다 걸린다.

인간은 오감 밖의 영역인 육감을 지닌 존재다. 과학적으로 명확히 실체를 밝힐 수는 없지만, 우리는 누구나 '기이한 느낌'의 실체를 인정한다. 이런 날은 당신의 육감이 당신에게 위험신호를 보내는 것이다. 논리적이고 합리적인 사람은 육감을 따르지 않을지도 모른다. 굳이 따르지 않아도 좋다. 그러나 무시하지는 마라.

컨디션이 좋지 않은 날은 이익을 추구하기보다 손실을 최소화하는 전략이 필요하다. 사소한 다툼이 큰 다툼으로 벌어질 가능성이 크기에 가급적이면 말수를 줄이고 몸을 사려라. 반드시 오늘 중으로 결정을 지어야 하는 업무가 아니라면 가급적 결정을 내일로 미루는 것도 현명한 방법이다. 업무와 관계된 미팅도 최대한 횟수를 줄이고, 얼른 퇴근하는 것이 당신뿐만 아니라 다른 이에게도 좋다.

직장에서 교묘히 위기를 잘 빠져나가는 상사를 보며 당신은 이런 말을 한 적이 있었을 것이다.

"눈치코치 9단에, 냄새 맡는 데는 따라올 자가 없어."

그와 같은 상사의 행동 패턴을 살펴보라. 분명 지혜롭게 폭풍우를 피하는 모습을 볼 수 있을 것이다.

당신의 오늘 컨디션은 어떤가. 만약 좋지 않다면 굳이 없는 힘을 낼 필요까지는 없다.

공성(攻城)보다는 수성(守成)이 어려운 법이다.

하루의 계획이 중요한 만큼 계획을 실행하는 것도 중요하지만, 그 계획의 결과가 어떻게 나타날지 현명하게 판단해 몸을 사리는 것 또한 중요하다.

chapter 21

토끼의 딜레마

적당하게 일하고 느긋하게 쉬어라
현명한 사람은 느긋하게 인생을 보냄으로써 진정한 행복을 누린다 – 그라시안

"나는 지금 행복한가?"

당신은 하루 24시간을 알차게 보내기 위해 최선을 다 하고 있다. 아침 일찍 일어나 여유롭게 하루를 시작하고, 출근길에 허투루 버리던 시간도 알차게 활용하고 있다. 그래서일까. 직장생활에서도 이전보다 좋은 평가를 받는다. 그러나 앞서 말한 대로 '내적 하루'를 가지지 못한다면, 하루를 48시간처럼 열심히 뛰어도, 어느 날 갑자기 짙은 회의감이 찾아들 가능성이 크다.

100명이면 100명 모두 인생의 구체적인 목표는 각양각

색이지만, 결국에는 한 가지 목표로 귀결되는 게 또한 인생사다. 인생의 목표는 바로 행복이다. 그런데 행복하기 위해 눈코 뜰 새 없이 뛰고 있는 와중에 갑자기 원론적인 질문이 발길을 잡아끄는 날이 있다.

"정말 나는 행복한 거야?"

주위를 돌아볼 여유도 없이 열심히 앞만 보고 달리는 어느 날 주화입마와 같은 한계점이 찾아든다.

우리가 유치원 때부터 배워왔던 토끼와 거북이의 경주를 살펴보자. 정말 경주에서 토끼가 거북이에게 질 수가 있겠는가. 알다시피 이 우화는 거북이처럼 느릿느릿 가도 꾸준히 가는 습관과 빠르게는 가지만 꾸준하지 못한 습관을 통해 토끼의 딜레마를 보여주고자 하는 것이다.

여기서 누가 더 빠른가의 의미는 중요하지 않다. 요즘은 오히려 거북이처럼 느릿느릿 가기만 하면 된다는 충고는 먹혀들지 않는다. 거북이처럼 느릿느릿 갔다가는 딱 잡혀먹기 십상이다.

오늘날은 거북이를 벤치마킹한 토끼가 되어야 한다. 재

빨리 뛰면서도 지치지 않는 지구력을 겸비한 다재다능한 인간이 되어야 하는 것이다.

딜레마에 빠지지 않고 거북이의 근면함을 벤치마킹하는 토끼가 되기 위해서는 어떻게 해야 할까?

토끼가 지칠 수밖에 없는 이유를 살펴보면 해답을 찾을 수 있다. 토끼는 너무 빨리 뛰어서 지치는 게 아니다. 토끼는 빨리 뛰는 게 당연한 동물이다. 빨리 뛰어서 지치는 게 아니라 빨리만 뛰기 때문에 지친다. 만약 빨리 뛰면서도 잠깐 잠깐 짧은 휴식 시간을 가졌다면 토끼는 결코 코를 골며 자는 일은 없었을 것이다.

세계 최고의 자동차 경주 대회 F1(Formula1) 그랑프리를 본 적이 있을 것이다. 1등을 차지하기 위해 시속 300킬로미터가 넘는 속도로 경주를 하다가도 자동차들은 때가 되면 정비팀으로 찾아든다. 엄청난 속력에 닳아 버린 타이어를 갈아 끼우는 데 불과 몇 초면 끝나지만, 경쟁자들은 이미 한참을 앞서 나가고 있다.

그 상황만을 놓고 볼 때 타이어를 갈아 끼우는 것은 바보 같은 짓일 수도 있다. 그러나 타이어를 갈지 않으면 차가 전복되는 상황에 직면하게 된다. 운전자의 목숨이 좌우되는 일이다. 경주의 중간 중간 정비를 하는 것은 선택이 아니라 필수라는 소리다.

당신이 하루하루 최선의 노력을 경주하는 것은 좋다. 그러나 빨리 달리면 달릴수록 쉽게 지치는 법이다. 그럴수록

휴식이 필요하다. 에너지가 모두 소진될 때까지 전력질주하지 마라. 잠깐의 휴식을 고르게 취하라.

외적 하루와 내적 하루를 모두 충실하게 보내기 위해서는 밤잠과 낮잠 말고도 업무 사이사이 제대로 된 휴식이 필요한 이유가 바로 여기에 있다.

chapter 22
하루에 상대성 이론을
적용하라

백년을 살 것처럼 일하고 내일 죽을 것처럼 기도하라 - 벤저민 프랭클린

　"뜨거운 난로 앞에 앉아 도스토예프스키의 소설을 읽는
1시간과 미녀를 무릎 위에 앉히고 밀담을 나누는 1시간은
절대 같을 수 없다."

　시간에 대한 위의 재미있는 예는 흥미롭게도 '상대성 이
론'을 쉽고 재미있게 설명하는 예 중의 하나다. 20세기를
통틀어 가장 위대한 천재로 추앙받는 아인슈타인의 상대
성 이론 말이다. 이처럼 고작 1시간도 지옥과 천당처럼 다
를 수 있는데, 하루는 오죽하겠는가.

하루를 외적 하루와 내적 하루로 나누어 전력질주를 하면서 적절한 휴식을 취하는 법을 앞서 얘기했다면, 여기서는 상대적인 시간 안에서 어떻게 하면 최대한의 효과를 볼 수 있는가에 대해 이야기하고자 한다.

무엇보다 일의 경중을 따져라. 오늘 당신이 하는 일들 중에는 중요한 일들도 있지만 상대적으로 중요하지 않은 일들도 있다. 지금 혹시 중요하지 않은 일에 온통 신경을 뺏기고 있지는 않은가? 정작 중요한 일에는 신경을 쓰지 못하면서 말이다.

한 강사가 청중 앞에서 큼직한 항아리에 벽돌만한 돌덩이를 집어넣기 시작했다. 이윽고 항아리가 돌덩이로 가득 차자 강사가 청중에게 물었다.

"항아리가 가득 찼습니까?"

여러 사람이 "예, 가득 찼습니다."라고 대답했다. 그러자 강사가 이번에는 돌덩이보다 작은 자갈을 항아리에 집어넣었다. 돌덩이 사이로 조그만 자갈들이 가득 차자 그가 다시 물었다.

"항아리가 가득 찼습니까?"

돌덩이로 항아리를 가득 채웠을 때 "예."라고 대답했던 사람들이 이번에는 "글쎄요."라고 대답했다. 그는 다시 모래를 항아리에 넣었다. 모래가 돌덩이와 자갈 사이의 빈틈을 가득 채우자 그가 다시 물었다.

"항아리가 가득 찼습니까?"

그제야 학생들은 "아니요."라고 대답했고, 그는 고개를 끄덕이면서 이번에는 항아리에 물을 붓고 나서 물었다.

"이 실험의 의미가 무엇이겠습니까?"

한 학생이 자신 있게 대답했다.

"매우 바빠도 노력만 한다면 새로운 일을 그 사이에 추가할 수 있다는 뜻입니다."

그러나 강사는 고개를 저으며 대답했다.

"아닙니다. 만약 항아리에 큰 돌덩이를 먼저 넣지 않고, 물이나 모래를 먼저 넣었더라면 이걸 모두 넣을 수가 없었을 것입니다. 여러분의 생활에서 큰 돌덩이가 뭔지 생각해 보시고 큰 돌덩이를 먼저 항아리에 넣어야 다른 일을 할 수가 있습니다. 여러분이 할 일 중에서 가장 중요한 일이 뭔

지를 알아서 그걸 먼저 해야 자잘한 다른 일도 다 할 수가 있다는 것입니다. 그다지 중요하지 않은 일을 먼저 시작하면 정말로 중요한 일을 하지 못하고 하루가 다 가버릴 것입니다."

혹시 당신은 하루를 바쁘게는 사는데 물부터 가득 붓고 있는 것은 아닌가?

상대적인 시간 속에서 최대한의 효과를 발휘하려면 일의 경중을 따져라. 중요한 것부터 사소한 순서로 하는 것이 당신의 24시간을 꽉꽉 채울 수 있는 방법이다.

chapter 23

마감을 정하라

인생은 짧은 이야기와 같다. 중요한 것은 그 길이가 아니라 가치다 - 세네카

당신의 업무 스타일은 어떤가. 일주일 분량의 업무가 주
어졌을 때, 일주일을 어떻게 활용하는가. 하루 분량의 업
무가 주어졌을 때, 하루를 어떻게 활용하는가.

"나는 바짝 몸이 달아올라야 일을 빨리 할 수 있습니다."

당신은 혹시 어릴 적 잘못 들인 시험공부의 버릇을 아직
도 지니고 있는 것은 아닌가.

모든 일에는 데드라인이 있다. 모든 계획과 실행은 마감
날짜를 전제로 이루어지며, 만약 당신에게 주어지거나 스

스로 계획하는 일에 특별한 마감 날짜가 없더라도 데드라인을 정한 뒤 일을 추진해야 한다. 비록 마감 날짜가 없어도 인생에는 분명 마감이 있기 때문이다.

무슨 일에 임하든 데드라인에 충실하지 않으면 그 가치는 반감된다. 단순히 친구와 저녁 약속을 해도 시간을 정하듯 항상 데드라인을 정해 놓고 일을 처리해야 한다. 데드라인은 반드시 지켜야 할 사회와의 약속이며, 당신에게 그 일을 맡기는 조건이기 때문이다. 데드라인에 대해 어떤 불평과 불만을 가져서는 안 된다. 자신에게 주어진 기한이야말로 일 자체만큼이나 더없이 중요하다.

주어진 기한에 맞추려면 하루에 어느 정도의 일을 해야 하는지를 설정하는 소규모 데드라인을 정하라. 하루하루의 성취가 없으면 결코 커다란 성취도 맛볼 수 없다. 아무리 사소한 일이라도 매일 조그만 데드라인을 정하고 성취도를 느끼며 성공을 이뤄나가는 것만큼 인간의 정신을 고양시키는 것도 없다. 자기 만족감뿐만 아니라 자신감이 생기기 때문에 어떤 어려운 프로젝트가 맡겨져도 두렵거나 실수가 생기는 일이 없게 된다. 그러므로 당신에게 큰 프로젝트가 맡겨졌다면 데드라인을 정하고 끊임없이 정진해야만 한다.

성공이란 하루하루 자기 성취의 밑바탕 위에 튼튼하게 쌓는 탑이다. 데드라인에 맞추는 습관이 몸에 배게 되면 비로소 당신은 인생 전체의 설계도를 완성할 수 있을 것이다.

꿈을 꾸는
자는
아름답다

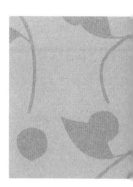

밥벌이만 하다 죽을 생각인가 ❖ 꿈은 버리는 게 아니라 키워가는 것 ❖ 쓰레기통을 비워라

콤플렉스를 즐겨라 ❖ 좌절을 입에 담지 마라 ❖ 계획에 너무 얽매이지 마라

삶에 소중한 것을 담으려면 우선 쓰레기통을 말끔히 비워라. 머릿속과 마음속에 쌓여 있는 쓰레기를 치워 버려라. 창조와 지혜의 힘은 아인슈타인의 말처럼 쌓는 것이 아니라 비우는 것을 통해 얻어진다. 오래 전부터 철학자나 과학자들은 자신의 두뇌와 인생에서 최대한의 이익을 끌어내는 방법에 고민해 왔다. 그것은 다름 아닌 비움에 있다. 비워야 채울 수 있는 것이다. 당신이 오늘 10가지의 소중한 무엇인가를 가슴속에 담고자 한다면, 적어도 100가지의 쓸데없는 상념과 정보들을 지워라. 비워야만 채울 수가 있다.

chapter 24

밥벌이만 하다 죽을 생각인가

희망은 마치 독수리의 눈빛과도 같다
항상 닿을 수 없을 정도로 아득히 먼 곳만 바라보고 있기 때문이다
진정한 희망이란 바로 나를 신뢰하는 것이다
행운은 거울 속의 나를 바라볼 수 있을 만큼 용기가 있는 사람을 따른다
자신감을 잃어버리지 마라
자신을 존중할 줄 아는 사람만이 다른 사람을 존중할 수 있다
— 쇼펜하우어의 「희망에 대하여」 중에서

    당신은 오늘 하루를 인생의 마지막 날처럼 사용하기 위해 노력하고 있다. 그러나 하루를 어떻게 사용할지 머리를 싸매고 고민해도 마땅한 방법이 떠오르지 않는다고 불평하는 사람들도 많다.

    "이 어려운 시대에 밥벌이라도 제대로 하는 게 어디요?"

    나 또한 대다수의 보편적이고 지극히 평범한 사람 중의 한 명이기에 구체적으로 '이것이다.'라고 확언할 수는 없다. 나의 충고가 당신에게 100% 정확히 맞아떨어질 수는 없다. 한 사람 한 사람 우리는 저마다 각기 독특한 존재이며, 살아가는 방법도 다르기 때문이다. 그러나 당신이 적어도 9시부터 6시까지 직장생활을 하고, 출퇴근에 1시간을 소비하고 있는 직장이라면 나의 말을 귀담아 듣기를 바란다. 물론 당신이 생계를 위해 더 오래 일해야만 하는 입장일 수도 있다. 그러나 여기서 문제 삼고 있는 것은 부자든 가난뱅이든 모두에게 공평한 하루를 사는 데 있어서의 '시간'에 대한 얘기다. 시간에 집중하는 법을 말하고 있는 것이다. 시간에 국한해 살펴볼 때 대부분의 직장인은 기본적인 자세가 잘못되어 있다. 하루를 보내는 마음의 자세가 잘못되어 있기에 자신이 가진 정력의 3분의 2를 허비하고 있는 것이다.

특별한 사람이 아닌 한 밥벌이에 정열을 불태우는 경우는 별로 없다. 기껏해야 싫지 않은 정도다. 매사에 적극적으로 임하지 않을 뿐만 아니라 마지못해 하는 형편이다. 퇴근 시간을 이제나저제나 목을 길게 빼고 기다릴 뿐이다. 몇 날 며칠 일에 전력투구한다는 것은 기대조차 할 수 없다.

"허리 펼 시간도 없이 일하고 있는데 무슨 소리야!"라며 안색이 변해서 나를 비난할지도 모르겠다. 물론 나는 당신과 같은 직장인들의 마음을 잘 알고 있다. 그렇다고 나의 충고를 바꿀 생각은 추호도 없다.

당신은 밥벌이에 대한 입장을 조금 더 솔직하게 표현할 필요가 있다. 대부분의 직장인들은 9시부터 6시까지의 시간이 어디까지나 진정한 의미의 '하루'라고 간주하며, 근무 시간 앞의 9시간과 뒤의 6시간은 프롤로그와 에필로그에 지나지 않는다고 착각하고 있다. 당신도 대충 그렇게 생각하고 있지 않은가. 이러한 무의식적인 자세는 남은 15시간에 대한 관심마저 떨어뜨린다. 그 결과 쓸데없이 낭비하지는 않더라도 그것이 소중한 시간임을 망각한다. 단순한 여분의 시간에 지나지 않는다고 생각해 버리는 것이다.

하루 중 일부분의 시간에 지나지 않는 근무 시간과 친구를 만나는 것과 같은 일회용 소일거리만이 소중하다고 생각하는 것은 참으로 곤란한 일이다. 하루 3분의 2의 시간을 3분의 1 정도를 차지하는 근무 시간에 추가로 붙어 있는 시간에 불과한 것으로 간주한다면 충실한 하루를 보내는 것이 어떻게 가능하단 말인가.

밥벌이만 하다가 죽을 생각인가. 당신의 밥벌이를 폄하할 생각은 추호도 없다. 그러나 아무리 밥벌이만 열심히 한다고 미래가 보장되지는 않는다는 것을 잘 알고 있지 않은가. 실제로 밥벌이에만 주력하다 늙어 초라한 인생으로 전락하는 이들이 얼마나 많은가. 혹시 노후를 대비한 연금과 보험이라도 꼬박꼬박 넣고 있어 안심하고 있는 것은 아닌가.

진정한 노후를 대비하기 위해서는 퇴근 후가 중요하다. 퇴근 후를 퇴직 후로 생각하자. 당신의 또 다른 인생을 계획하자. 하다못해 가족에게 조금이라도 더 신경 쓰자. 늙어서 아내와 자식들에게 버림받지 않으려면 노력이라도 해야 하지 않겠는가.

맥도날드의 창업자는 52세의 나이에 사업을 시작했으며, KFC의 창업자도 65세에 치킨을 켄터키 주의 대표적인 요리로 만들고 세계 82개국에 1만 1,000여 개가 넘는 점

포를 운영하고 있다. 『칼의 노래』, 『남한산성』으로 한국 소설계를 주름잡고 있는 소설가 김훈도 기자 생활이라는 지겨운 밥벌이를 때려치우고 늦은 나이에 소설을 써서 성공했다고 자신 있게 이야기하고 있지 않은가.

밥벌이만 하다가 죽을 생각이 아니라면 지금부터 당신의 하루를 재정비할 때다. 결코 늦지 않았다. 지금부터 계획하고 실행하라.

꿈은 버리는 게 아니라 키워가는 것

보다 높은 이상이 없었더라면
인류는 쉬지 않고 일하는 개미떼와 무슨 차이가 있겠는가 - 헤겔

"당신은 젊은 날의 꿈을 이루었는가?"

당신은 젊은 시절 남들과는 전혀 다른 삶을 꿈꾸었다. 자신이 남들보다는 조금은 뛰어나고 특별하다고 여기며 보다 멋지고 특별한 인생이 미래에 펼쳐질 것이라 상상했다. 그렇기에 평범하게 사는 어른들의 삶을, 특히 부모님의 삶을 냉소적으로 바라보고는 했다.

그러나 당신은 자라면서 남들처럼 평범하게 사는 게 정말 힘든 일이라는 것을 깨닫게 되었다. 대학을 나와 그럴 듯한 직장이라도 잡고, 사랑하는 사람과 결혼해 가정을 이루고, 아이들을 낳아 교육을 시키는 게 정말 어렵다는 것을 절감한다. 어느새 한없이 초라하게만 보이던 부모님의 삶이 진정 위대한 삶이었음을 깨달으며 점점 '어른'이 되어 간다. 그러나 안타까운 것은 하루하루 열심히 살아도 마음 한 켠에는 사라지지 않는 욕망이 있다는 것이다. 젊은 날 간절히 바랐으나 이루지 못했던 꿈에 대한 욕망은 억누르면 억누를수록 튀어나오는 용수철처럼 자라나기만 한다.

직장생활에 몸이 매인 이들이 젊은 날의 꿈에 대해 고민하는 경우가 특히 많다. 그 초조한 감정을 분석해 보면 충실하게 일하지 않을 수 없는 밥벌이로서의 일 외에 무언가 또 다른 일을 하지 않으면 안 된다고 여기는 불안감, 특히 젊은 날의 꿈을 접지 못하고 어떻게든 다시 이뤄내고 싶은 열망이 마음속에 잠재되어 있다.

밥벌이를 하며 가족을 부양하고, 집을 사느라 빌린 돈을 갚고, 저축을 해 지금보다는 조금이라도 나은 생활을 영위하려고 노력하는 것만도 정말 대단한 일이다. 이런 일을

제대로 수행하는 것조차 힘들다는 것을 나 또한 알고 있다. 산다는 것은 정말 힘에 부치는 버거운 일이다. 하루하루 직장생활과 가정생활을 유지하기 위해 열심히 노력하는 당신은 정말 자랑스러운 존재임에 틀림없다.

그렇지만 당신의 마음속 한 켠에 자라나고 있는 현실에 대한 불만과 미래에 대한 열망에 고개를 돌리지는 마라. 알고 있지 않은가. 지금의 생활에 무언가를 더할 수만 있다면 불만과 열망이 줄어들 것이라는 사실을. 밥벌이 외에 무언가를 더 하고 싶다는 욕구는 정신적으로 성숙한 사람들이라면 누구나 가지고 있는 당연한 심리다. 애써 거부할 필요가 없다. 문제는 욕구를 채울 만큼 노력하지 않으면 무언가를 시작하고 싶은 초조한 마음이 시시각각으로 생겨 마음의 평안을 얻을 수가 없다는 것이다. 결국 쌓이고 쌓인 욕구는 여러 가지 형태로 불거져 나와 오히려 당신의 평범한 삶을 갉아먹을 위험성이 크다.

당신의 마음 깊숙이 숨겨놓은 욕구를 직시하라. 밥벌이와 양육에 모든 에너지를 소모하지 마라. 밥벌이와 양육을 포기하라는 소리가 결코 아니다. 내적 하루를 만들어 꿈을 꾸라는 것이다. 꿈을 꾸는 자만이 미소를 지을 수 있다. 꿈은 포기하는 것이 아니라 키워나가는 것이다.

chapter 26

쓰레기통을 비워라

아름다운 추억은 바람직한 것이다
그러나 잊을 수 있는 능력이야말로 위대성의 진짜 상징이다 – 엘버트 후버

아인슈타인의 재밌는 일화 하나를 소개해 보자. 한번은 기자가 집까지 찾아와 아인슈타인을 인터뷰했다. 기자는 아인슈타인의 다양한 이론들과 일상생활에 대해 이것저것 물어보고, 실험실을 사진촬영하며 인터뷰를 마쳤다. 그러고는 집을 나서며 아인슈타인에게 집 전화번호를 물었다. 그런데 아인슈타인이 갑자기 주머니에서 작은 수첩을 꺼내 펼쳐드는 것이었다.

"가만, 우리 집 전화번호가 어떻게 되더라……."

수첩을 뒤적거리는 아인슈타인의 행동에 깜짝 놀란 기자

가 물었다.

"선생님, 지금 댁 전화번호를 모르셔서 수첩을 뒤적이는 건 설마 아니시죠?"

그로서는 최고의 두뇌를 자랑하는 세계의 석학이 고작 자신의 집 전화번호를 외우지 못하고 수첩에서 찾고 있는 것을 상상조차 할 수 없었던 것이다. 그러나 어의없는 표정을 짓고 있는 기자에게 아인슈타인은 태연하게 대답했다.

"적어두면 쉽게 찾을 수 있는 걸 왜 힘들게 기억합니까? 나는 사소한 것은 기록하고 잊어버리는 것이 낫다고 생각합니다. 그렇게 두뇌를 비워놔야 빈 공간에 창의적인 생각을 채우고 좀 더 효율적으로 쓸 것 아닙니까?"

아인슈타인의 반문에 바보가 된 기자는 고개를 끄덕일 수밖에 없었다고 한다.

오늘도 당신은 홍수처럼 흘러넘치는 엄청난 지식들과 복잡다단한 일들에 끊임없이 괴롭힘을 당하고 있다. 출근길의 아침신문을 통해 세상을 떠들썩하게 하는 이슈들을 확인하고, 직장에 출근하면 업무 중에도 틈틈이 인터넷을 돌아다니며 연예인의 신변잡기부터 한 번도 가본 적 없는 먼 나라에서 벌어진 신기한 일들까지 별의별 기사들을 접한다. 또한 동료들의 이야기를 통해 모르던 사실을 알고, 업무를 통해서도 이것저것 새로운 사실을 접한다. 그러나 하루 동안 당신이 접하는 정보 중에는 유용한 정보보다는, 쓸데없는 정보들이 월등히 많다. 읽을 필요도 없는 가십거리 기사의 내용들이 뇌세포 속에 쓰레기더미처럼 차곡차곡 쌓여가는 것이다.

삶에 소중한 것을 담으려면 우선 쓰레기통을 말끔히 비워라. 머릿속과 마음속에 쌓여 있는 쓰레기를 치워 버려라.

창조와 지혜의 힘은 아인슈타인의 말처럼 쌓는 것이 아니라 비우는 것을 통해 얻어진다.

오래 전부터 철학자나 과학자들은 자신의 두뇌와 인생에서 최대한의 이익을 끌어내는 방법에 고민해 왔다. 그것은 다름 아닌 비움에 있다. 비워야 채울 수 있는 것이다.

당신이 오늘 10가지의 소중한 무엇인가를 가슴속에 담고자 한다면, 적어도 100가지의 쓸데없는 상념과 정보들을 지워라. 비워야만 채울 수가 있다.

chapter 27

콤플렉스를 즐겨라

나는 소소한 기쁨들을 가장 좋아한다
그것들은 콤플렉스를 막는 최후의 보루이다 – 오스카 와일드

보석상을 경영하는 사람이 여행 도중에 진귀한 보석을
발견하고 거액의 돈을 주고 보석을 구입했다. 물론 몇 곱
의 돈을 받고 되팔기 위해서였다. 귀국한 그는 거금을 손
에 쥘 수 있다는 즐거운 마음에 들떠 보석을 전문가에게
맡겼지만, 되돌아온 것은 청천벽력 같은 소식이었다.

"흠만 없다면 정말 엄청난 보석일 텐데……."

감정사는 작은 흠집을 발견하고는 보석의 가치를 떨어뜨
렸다. 제값을 받기는커녕 구입가보다도 훨씬 밑지는 가격
에 그는 깊은 고민에 빠지고 말았다. 어떻게 하면 이 보석

을 다시 원래의 가치로 되돌릴 수 있을까······.

그때 그의 머릿속에 한 가지 번득이는 아이디어가 떠올랐다. 그는 전문 세공사를 초빙해 보석의 작은 흠에 장미꽃을 조각하도록 주문했다. 그 결과 결정적인 흠이 있던 보석은 아름다운 장미꽃이 조각된 보석으로 탈바꿈되었다. 그리고 그의 예상처럼 보석의 가치는 몇 배 이상으로 올라갔다.

"당신의 약점은 무엇인가?"

위의 예화에서 보여준 보석의 작은 흠은 당신의 약점과 같다. 약점은 숨기고 감추려고 하면 더욱 도드라질 뿐이다. 치열이 고르지 못하다고 언제나 입을 가리고 웃는 사람은 오히려 남의 시선을 손 뒤에 감춰진 입에만 집중시키게 만든다.

나는 당신에게 이렇게 말하고 싶다.

"약점을 애써 극복하려고 노력하지 말고, 약점을 있는 그대로 받아들여라. 콤플렉스 때문에 성공한 사람들은 그들의 콤플렉스를 극복했기에 성공한 것이 아니라, 반대로 분

발심을 일으켰기에 성공한 것이다."

　역사적인 미국 방문 길에 올랐던 중국의 최고지도자 덩샤오핑은 지미 카터 미국 대통령과 거의 15센티미터 이상 키 차이가 났지만, 눈길 한번 주지 않고 자신의 눈높이에서 정상회담을 수행했다. 카터 대통령이 농담 삼아 자신에게 왜 눈길 한번 안 주냐고 하자, 대륙의 작은 거인 덩샤오핑이 이렇게 응수했다고 한다.

　"내 눈높이 아래에 10억의 중국 인민이 있는데 무엇 하러 높은 델 올려다보겠소."

또한 콤플렉스 하면 대표적으로 떠오르는 나폴레옹은 보잘것없는 외모, 가정, 학력뿐만 아니라 항상 키가 작은 것으로 고민하던 콤플렉스로 똘똘 뭉친 인물이었다. 그는 자신의 콤플렉스를 끝까지 극복할 수 없었다. 대신 보상하려는 심리로 악착같이 노력한 끝에 결국 황제의 자리까지 오를 수 있었다. 부족한 것을 보상하고 해소하려는 끝없는 욕구가 도약을 위한 분발심을 불러일으킨 것이다.

완벽한 인간이란 없다. 누구에게나 약점은 있다. 약점을 극복해 없앤 사람도 물론 있을 수 있다. 그러나 그런 사람은 정말 극소수이다. 약점은 약점대로 솔직하게 인정하라. 그러지 못하기에 문제가 발생하는 것이다. 약점을 받아들이고 다른 사람이 당신의 약점을 트집 잡을 수 없게 높은 곳에 오르려고 노력하라.

chapter 28

좌절을 입에 담지 마라

그 어떤 희망이든 자신이 품고 있는 희망을 믿고
인내하는 것이 바로 인간의 용기이다
그러나 겁쟁이는 금세 절망에 빠져 쉽게 좌절해 버린다 - 에우리피데스

새로운 일에 대한 욕구가 발아한다는 것은, 바꿔 말하면 실패의 가능성 또한 발아한다는 뜻이다. 밥벌이의 하루 일과 속에서 꿈을 찾아 노력하는 매 순간이 실패와 좌절의 씨앗을 품고 있기에 당신은 수시로 두려움에 떨 수밖에 없다. 그러나 두려움의 씨앗을 뿌린 사람은 그 누구도 아닌 바로 당신이다. 따라서 당신이 뿌리고 키운 두려움은 당신만이 없앨 수 있다.

마음속에 자라는 새로운 욕구에 너무 부담을 갖지는 마

라. 그보다는 세심한 노력으로 감싸고 열정을 쏟아 붓자.

예컨대 당신이 오래달리기 경주를 할 때 첫 번째 바퀴에는 느슨하고 가볍게 뛰고, 두 번째 바퀴부터 서서히 가속도를 붙여야 하는 것처럼 일을 할 때는 적절한 페이스가 필요하다. 처음부터 없는 능력을 갑작스럽게 만들 수는 없다. 당신의 몸에 익숙한 나태와 버릇을 하루 만에 없앨 수는 없는 법이다.

실패에 대한 두려움과 성공에 대한 흥분은 섣부른 오버페이스를 일으켜 실천에 옮기기도 전에 계획 단계부터 좌절할 수도 있다. 봄날 새싹들이 움트기도 전에 다시 눈이 내려 새싹이 얼어 죽는 꼴로 말이다. 무엇인가 해보려고 노력도 못한 채 욕구의 싹이 시들어버린다면 다음에 다시 도전할 때도 지난번에 겪은 실패의 어두운 그림자가 엄습하기 마련이다.

"내 사전에는 성공에 대한 단 1%의 불안감도 존재하지 않았습니다."

오두막 몇 채밖에 없는 바닷가에 세계 최고의 조선소를 짓고, 자전거도 못 만들면서 자동차를 만들기 시작한 현대그룹의 정주영 회장은 늘 그렇게 말했다.

"당신에게는 애초에 좌절이란 가능성은 단 1%도 존재하지 않았습니다. 자신을 가지세요."

또한 현재 좌절에 빠져 있다고 남에게 결코 하소연하지마라. 동정을 얻으려다가 반대로 비난을 얻는 경우가 허다하다. 하소연은 위신만 깎을 뿐이다. 울화가 치밀어도 배짱을 부리는 것이 연민 속에 한탄을 하는 것보다는 훨씬 낫다. 어떤 사람들은 자기들이 겪은 부당함을 하소연하여 새로운 부당함의 계기를 만들기도 하고, 타인의 도움과 위안을 얻으려다가 도리어 그들의 경멸을 사기도 한다.

반대로 타인에게서 받은 호의를 다른 사람들에게 자랑해 그에게도 비슷한 의무를 지우는 것이 훨씬 더 뛰어난 수단이라는 것을 명심하라.

좌절이라는 단어를 떠올리지 마라. 좌절의 씨앗은 당신의 두려움을 먹고 자라는 독버섯과 같다. 입에 담는 순간, 당신은 좌절에 중독되고 만다.

chapter 29

계획에 너무 얽매이지 마라

가치 있는 모든 것에는 실패의 위험이 따른다 - 아이아코카

당신의 하루 일과표를 잠깐 점검해 보자.

어릴 적 방학에 앞서 그렸던 꽉 짜인 방학 계획표를 연상시키는 것은 혹시 아닌가. 아침에 일어나 운동하고 공부하고 점심 먹고 공부하고, 저녁 먹고 공부하고 취침한다는 허무맹랑한 계획표 말이다.

만약 그렇다면 일과표나 계획에 너무 욕심을 낸 나머지 일과표만 보아도 초조해지거나 잠재의식 속에 불안감이 팽배해질 수도 있다. 성취욕으로 시작했지만 반대로 새장에 갇힌 꼴이 되어 자신조차 감당하지 못하고 쫓기는 신세

가 된다. 결국 감옥에 갇힌 것과 마찬가지로 자신의 생활
이 자기 것이 되지 못한다.

　아무리 철두철미한 계획표를 짜고 그에 맞게 행동하려고
해도 정작 예기치 않은 약속이 생기거나 오차가 생길 수밖
에 없는 게 인생이다. 오차가 생기면 여유가 사라지고 계
획을 이행했는가, 하지 않았는가에만 정신을 쏟게 된다.
결국 계획에 발목이 묶이게 된다. 뒤늦게 계획을 변경해도
사태 해결에는 별다른 도움이 되지 않는다. 가장 큰 문제
는 무리하게 계획한 일을 결국 하지 못했다는 사실이 아니
라 근본적으로 너무 무리한 욕심을 부렸다는 사실이다.
　그렇다면 유일한 해결책은 무엇일까?
　미리 짜놓은 계획이나 법칙대로 산다면 인생은 얼마나
단조롭겠는가. 때로는 그때그때 닥치는 상황에 따라 행동
하고 생각해야 할 경우도 있다. 당신은 일분일초의 어긋남
에 공황 상태에 빠지는 강박증 환자가 결코 아니다.
　꽉 짜인 계획이 아니라 변수를 충분히 감안한 여유 있는
계획을 짜라. 물론 그럼에도 불구하고 고집스럽게 계획을

밀어붙이고 싶다면 한 가지 일러두고 싶은 말이 있다. 한 가지 일에서 다른 일로 넘어갈 때 넉넉한 시간을 두고 천천히 넘어가라는 것이다. 예컨대 저녁을 먹은 뒤 산책을 마치고 돌아와 읽으려고 마음먹었던 책을 꺼내들기까지의 몇 분 정도는 아무것도 생각하지 말고 흘려보내는 것은 어떨까. 그냥 흘려보내는 아까운 시간이라고 부정적으로 여

기는 순간 당신은 조급해지는 것이다. 반대로 몇 분을 당신의 바쁜 일과에서 어렵게 마련한 잠깐의 황금 같은 여유라고 생각을 바꾸는 것이다. 허투루 시간을 허비하는 게 아니라 일부러 시간에 여유를 두는 것으로 말이다.

당신이 현실에서 자신의 정확한 위치를 파악하고, 인생의 지침을 확고히 정했다면, 인생이라는 대작(大作)을 쓸 준비는 끝난 것과 마찬가지다. 대작을 만들어가는 과정에서 원하는 줄거리를 잡고, 그 줄거리에 맞게 시간을 활용하는 계획성 있는 일정을 잡고 실천하는 길만 남았다.

나는 다시 한 번 당신에게 강조하고 싶다. 실패의 위험은 언제나 존재한다. 계획했던 일에 노예처럼 얽매이지 마라. 주객이 전도돼 스스로 만든 계획에 이리저리 끌려 다니거나 억눌려서는 절대 안 된다. 매일매일의 계획이 신앙이 될 수는 없다.

한순간의 기분으로 무리한 계획을 세우고, 무리하게 행동하다, 무리하게 절망하는 것은 정말 헛된 일일 뿐이다.

무엇이든 지나치면 과오를 범하게 되기 마련이다. 계획을 세울 때는 적절한 무게를 두어야 한다. 즉 계획을 너무 존중하지도 말고, 반대로 소홀하지도 말아야 한다. 시소처럼 어느 한 곳으로 치우치지 말고 항상 중용을 지켜라. 넘침도 모자람도 없는 황금의 잣대인 중용을 지켜라.

중용이란 말은 항상 가운데를 가리키는 것이 아니다. 긴 막대를 손가락으로 떠받칠 때 왔다 갔다 하는 것이 바로 중용이다. 단지 '가운데'는 아무 의미가 없다는 뜻일 뿐이다. 예를 들어 어떤 일로 문제가 벌어졌을 때, 당신은 일을 당신이 원하는 방향으로 풀어나가고자 한다. 그러나 상대방에게는 상대방의 입장이 있다. 양쪽을 적절하게 조율하는 것, 당신의 입장만 되풀이하지 말고 상대방의 입장도 고려하는 것이 바로 중용의 참뜻이라는 것이다.

당신의 계획은 실패할 수도 있고 성공할 수도 있다. 실패에 너무 목매지 마라. 실패가 없는 성공이 무슨 의미가 있겠는가. 실패를 모르고 성공가도만 달리던 사람들이 의외로 처음 맞닥뜨리는 작은 실패에 와르르 무너지는 것을 보지 못했는가.

계획을 세울 때도 마찬가지이다. 너무 자기 자신을 극단으로 몰고 가지 마라. 쉽게 지칠 수밖에 없다. 바쁘면 바쁠수록 반드시 적절한 휴식의 시간을 가져야 하는 것처럼, 항상 중용을 생각하라.

독서가
선물하는
행복

행복을 위해 반성하라 ❖ 나를 변화시키는 최고의 방법
독서 강박증에서 벗어나라 ❖ 당신에게 맞는 효과적인 독서법 아무리 말재주가 좋아도 책을 적게 읽은 사람은 표피적인 지식밖에 드러낼 수 없다.
한 꺼풀만 벗겨도 금세 들통이 날 뿐이다. 그러나 독서를 통해 지식을 얻고, 의문을 가지
고 사색했다면 결코 지지 않는다. 아무리 어눌한 말솜씨를 가졌어도 독서를 통한 폭넓은
지식을 갖고 있다면, 어느 한순간 상대방의 입을 꽉 틀어막을 수 있는 촌철살인의 말을 쏟
아낼 수 있다.

chapter 30

행복을 위해 반성하라

한 해의 가장 큰 행복은 한 해의 마지막에서
그해의 처음보다 훨씬 나아진 자신을 느낄 때이다 - 톨스토이

"대한민국 성인의 80% 이상은 자신이 남들보다 똑똑한
30% 안에 속한다고 믿는다."

얼마 전 설문조사에서 드러난 결과다. 한마디로 대한민
국 성인의 50%는 착각 속에서 살고 있다는 말이다.

숱한 오해 속에서 사는 우리들이 가장 근본적으로 범하
는 오해는 바로 자신이다. 자신을 제대로 모르기에 타인과
의 관계에서도 오해가 발생하는지 모른다.

"인간이여, 너 자신을 알라!"

고래로 철학자들 사이에서는 인생을 좀 더 효과적으로

활용하기 위한 방법에 대해 의견들이 난분분했다. 하지만 위의 한 마디 말에 관해서는 지금까지 누구도 의문을 제기한 적이 없다. 이 말은 문학도 아니며, 예술, 역사, 과학도 아니지만, 누구나 문구에 담긴 의미의 중요성을 파악할 수 있을 정도로 단순하면서도 가치 있는 말임에 틀림없다.

"당신은 자신을 잘 알고 있는가?"

정작 자기 자신을 정확히 알고 그에 맞게 행동할 수 있는 사람은 정신적으로 성숙된 극소수밖에 되지 않는다. 거의 대부분의 사람들은 과대망상증에 걸려 있거나 혹은 정반대로 피해망상증에 걸려 있는 경우가 허다하다.

"그렇다면 왜 당신은 자신을 제대로 알지 못하는가?"

무엇보다 가장 큰 원인은 '반성하는 마음의 자세'가 없기 때문이다. 현대인의 생활에서 가장 크게 결여된 것이 바로 반성하는 자세다. 우리는 스스로를 돌이켜 반성하지 않는다. 행복이라든가, 추구하는 목표, 이성적으로 결단을 내리고 행동하는가, 생활신조와 실제의 행동이 일치하는지 등의 중요한 문제에 대해 간과하거나 망각하며 살고 있다.

"당신은 행복을 좇고 있는가. 행복을 발견했는가?"

행복을 성취한 사람은 행복이란 육체적, 정신적 쾌락에 있지 않고 이성을 풍부하게 가꾸고 자신만의 신념에 맞는 생활을 통해서 얻는 참된 가치에 있다고 자신 있게 말한다. 당신은 이러한 사실을 부정할 정도로 어리석지 않다. 불우한 환경 탓에 초등교육만 받았어도 얼마든지 행복의 개념은 정립할 수 있기 때문이다.

당신은 어떻게 하면 행복을 찾을 수 있는지 잘 알고 있다. 그러면서도 하루에 단 1분이라도 자신의 이성, 생활태도, 행동을 되돌아보고 깊이 반성하지 않는다. 정신적인 행복을 원하면서도 행복에 필요한 아주 작은 행동조차도 실행에 옮기지 않고 있다.

나는 당신에게 맞지 않는 생활신조로 억지로 당신을 억압하려는 것이 결코 아니다. 당신은 '도둑에게도 항상 핑계는 있으며, 사연 없는 무덤이 없다.'는 식으로 둘러댈지 모른다. 그러나 내가 강조하고 싶은 것은 하나다.

행동이 신념과 일치하지 않는다면 인생이란 무의미하기 짝이 없다.

당신의 행동과 신념을 일치시켜라. 방법은 간단하다. 매일매일 반성하고, 그 반성을 토대로 단호히 행동하는 것이다. 도둑질한 사람이 종내에는 후회하고 고통스러워하는 것은 훔친다는 행위 자체가 자신의 신념에 역행하는 까닭이다. 만일 그가 마음속 깊이 '훔치는 행위는 도덕적으로 매우 훌륭한 일이다.' 라고 믿고 있다면 고통스러워할 까닭이 있겠는가.

당신은 행복할 수 있다. 그러기 위해서는 깊이 반성하는 시간을 가져 자신을 아는 것부터 시작해야만 한다.

chapter 31
나를 변화시키는 최고의 방법

독서는 완성된 사람을 만들고, 대화는 기지 있는 사람을 만들고
필기는 정확한 사람을 만든다 - 베이컨

당신을 깊이 반성케 하고 변화시키는 최고의 방법은 무엇인가. 경제적인 효율성에서 최소의 지출과 노력으로 최대의 효과를 볼 수 있는 방법은 바로 지금 펴들고 있는 책이다. 변화의 첨단에는 독서가 있다.

대한민국 사회에서 독서에 대한 관심은 하루가 다르게 증가하고 있다. 논술이 대학입시의 당락을 결정하고, 논리적인 프레젠테이션이 직장인의 필수요소가 된 오늘날 지자체, 학교, 기업 등을 중심으로 논리력과 발표력, 창의력을 길러주는 '독서 토론'의 중요성이 확산일로에 있는 것이다. 특히 대량생산에서 다품종 소량생산, 제조업에서 IT, 영화, 게임 등 문화 콘텐츠사업으로 주류가 바뀌고 있는 오늘날 창의적인 상상력과 콘텐츠를 획득할 수 있는 최고의 방법은 독서라고 확신한다. 여기서는 당신을 변화시키는 방향에 논점을 국한해 살펴보자.

당신이 책을 읽는 이유는 다양하다. 재미있는 이야깃거리를 즐기기 위해, 다양한 정보를 얻기 위해, 혹은 지방 출장을 가며 열차 속에서 시간을 죽이기 위해…… 그야말로 다양한 이유로 책을 읽는다. 그러나 가장 큰 이유는 책이 당신에게 깨달을 수 있고 사색할 수 있는 놀라운 경험을 제공하기 때문이다. 당신은 저자조차 의도하지 않은 책 속의 한 문장에 가슴이 울리거나 머리가 번쩍하는 경험을 하지 않았던가. 가슴 저린 이야기를 통해 한동안 잊고 있던 삶의 의미를 되새길 수 있지 않던가. 마지막 장을 아쉬운 마음으로 덮으며 차분하게 가라앉은 눈으로 세상을 바라보자. 이제까지와는 사뭇 다른 시각으로 세상이 보이는 경험을 해봤으리라. 의도했든 의도하지 않았든 그 순간이 바로 반성과 성찰의 시간이다. 한 권의 양서가 인생을 변화시키는 놀라운 순간인 것이다. 단 한 권을 읽고 인생의 방향을 바꿨다며 자신 있게 말하는 이들이 바로 이런 경우이다. 하지만 보통의 사람들은 한 권 한 권 좋은 책들을 접하며 경험한 놀라운 순간들이 쌓여 인생이 변화한다.

독서는 나를 변화시킬 뿐만 아니라 타인을 변화시키는 데 있어서도 최고의 방법이다.

나와 생각이 다른 이들을 변화시키기 위해서는 나의 논리를 정확하게 표현할 줄 알아야 한다. 논리가 빈약한 주장은 타인의 마음을 결코 움직일 수 없기 때문이다. 그런데 아무리 말재주가 좋아도 책을 적게 읽은 사람은 표피적인 지식밖에 드러낼 수 없다. 한 꺼풀만 벗겨도 금세 들통이 날 뿐이다. 그러나 독서를 통해 지식을 얻고, 의문을 가지고 사색하고, 연관된 책을 찾아나가며 쌓은 능력이 있다면 결코 지지 않는다. 아무리 어눌한 말솜씨를 가졌어도 독서를 통한 폭넓은 지식을 갖고 있다면, 어느 한순간 상대방의 입을 콱 틀어막을 수 있는 촌철살인의 말을 쏟아낼 수 있다.

세 살 버릇이 여든까지 간다는 말처럼 노벨상 수상자를 가장 많이 배출한 유대인은 아이가 어릴 때부터 탈무드를 아버지가 직접 읽어주면서, 독서에 재미를 붙여주기 위해 꿀 한 술씩을 떠먹인다는 이야기가 있다. 그만큼 어려서부터의 독서 습관이 중요하다.

　독서 습관이 제대로 길러지지 않아 독서에 흥미를 붙이지 못하는 것이 평생 후회라면 당신의 자녀들에게도 그대로 물려줄 수는 없지 않은가. 만약 직장에서 퇴근해 텔레비전만 끼고 산다면 자녀들도 평생 텔레비전을 끼고 살 수밖에 없다.

　독서 습관이 당신뿐만 아니라 자녀의 미래를 변화시킬 수 있고, 타인을 변화시킬 수 있다. 책을 읽어라.

chapter 32

독서 강박증에서 벗어나라

무지를 두려워 말고, 엉터리 지식을 두려워 하라 - 파스칼

　문화체육관광부는 2017년 실시한 국민 독서실태 조사 결과를 발표했다. 이에 따르면 성인의 40.1%가 1년에 단 1권의 책도 읽지 않는다고 한다. 성인 10명 중 4명은 1년간 책을 단 한 권도 읽지 않는다는 뜻이다. 1인당 평균 독서량을 따져봤더니 8.3권으로 한 달에 1권도 읽지 않는 수치다. 그것마저 수험서, 전공서적을 합친 뒤에야 나온 수치라고 하니 그야말로 부끄럽기 짝이 없다. 특히 지난 10년간 한국의 독서율이 계속 감소하고 있다는 데 더 큰 문제가 있다. 2007년에 연간 독서율은 76.7%였으니 10년 만

에 무려 16.8%나 줄어든 셈이다.

우리는 왜 이렇게 책을 읽지 않는가. 정말 시간이 없어서 책을 읽지 못하는가.

책 읽을 시간을 못 낼 정도로 바쁠 수도 있다. 그러나 매일같이 바쁘다는 것은 새빨간 거짓말이다. 통계를 살펴보아도 바쁜 사람일수록 오히려 책을 더 많이 읽는다. 우리나라 사람들이 책을 읽지 않는 가장 큰 이유는 무엇보다 책에 대한 부담감 때문이다. 무언가 어렵고 지식이 꽉 들어찬 책이라야 책답다고 착각하고 있는 것이다.

"독서가 꼭 필요하다는 것은 알겠는데 권장도서를 읽어볼라치면 너무 두껍고, 읽어도 당최 무슨 내용인지를 모르겠고……."

만약 위와 같은 생각을 가지고 있다면 독서 강박증을 의심해 봐야 한다.

당신은 요즘 무슨 책을 읽고 있는가?

예를 들어 소설을 읽고 있다고 가정해 보자. 소설은 사고력과 논리력을 요구하는 독서에 포함되지는 않는다. 따라서 문학 전공자가 아님에도 불구하고 매주 세 번씩 90분 동안 찰스 디킨스의 작품을 철저하게 연구하려고 결심했다면 일찌감치 계획을 변경하는 것이 현명하다. 소설이 사고가 필요하지 않은 천박한 대상이라고 치부하는 것은 결코 아니다. 소설은 마음의 양식을 위해서는 반드시 필요한 장르이다. 여기서 내가 강조하고 싶은 것은 유명하다는 세간의 평 때문에 정작 제대로 이해할 수도 없으면서도 꾸벅꾸벅 졸며 지루하게 읽고 있는 것을 두고 하는 말이다. 물론 이해하기 어려운 책을 무조건 읽지 말라는 뜻도 아니다. 메러디스의 소설처럼 필사적으로 사고하지 않으면 해독할 수 없는 어려운 소설은 소설로서 잘못된 구성이라는 말이다.

좋은 소설은 억지로 노력하지 않더라도 돛단배를 타고 경치 좋은 계곡을 시원스럽게 흘러내려가는 것처럼 마지막까지 단숨에 읽게 만드는 책이다. 아무리 두꺼운 책을 읽어도 정신적으로도 육체적으로도 전혀 피곤하지 않다. 마지막 장을 넘길 때면 짙은 아쉬움에 몇 번 더 책을 들춰보게 하는, 정신적으로 무언가 한 가지를 끝냈다는 성취감과 함께 조금이나마 성숙해졌다는 쾌감까지 더불어 느낄 수 있다.

소설뿐만이 아니다. 최고의 책이란 이해하려고 머리를 싸매고 노력하지 않아도 쉽게 와 닿는 책을 말한다. 무조건 유명하다거나 어려운 책을 읽어야 능력이 높아지는 것은 결코 아니다. 실제보다 겉모양에 치중한 독서는 자칫 당신을 독서 강박증 환자로 만들 가능성이 크다.

사물의 내면을 들여다보는 사람은 적고, 겉모양만 신경 쓰는 사람들이 많은 요즘, 두 눈을 크게 떠 겉모습에 현혹되지 말고 알맹이를 찾아라. 일상에서 벌어지는 대부분의 일들은 그 겉모양과 내면이 판이하게 다른 경우가 허다하다. 겉모양을 꿰뚫어 내면에 다가가면 착각은 사라지게 마련이다. 마찬가지로 남들이 좋다는 책이 당신에게 반드시 좋을 수는 없다. 도무지 알 수 없는 책을 붙들고 씨름하느니 진정으로 다가오는 책을 읽어라. 겉모양이 과대포장으로 치장된 것보다는 실질적으로 도움을 줄 수 있는 책에 매달리는 것이 현명한 독서 방법이다.

독서의 좋은 점은 창조성을 강화시킨다는 점이다. 창조성은 주어지지 않은 것을 보고, 이미 존재하는 것을 다르게 생각하고, 낡은 것을 새롭게 만들어내는 것을 뜻한다. 창조성은 '느린 생각'을 통해 만들어지는데, 독서가 '느린 생각'을 하는 데 큰 도움을 준다. '슬로리딩'을 통해 정보를 느리게 습득하고 충분히 자기화하는 과정이 독서인 것이다.

책을 읽으며 지식을 쌓거나 지혜를 얻어야 한다는 강박관념과 부담감을 버리고 그저 편안하게 쉴 수 있는 여유를 찾기 위해 책을 집어 들어라. 당신에게는 무엇보다 책을 읽는 것은 여유 있게 쉬는 것이란 생각이 우선 필요하다.

chapter 33

당신에게 맞는
효과적인 독서법

독서는 다만 지식의 재료를 줄 뿐이다
자기 것으로 만드는 것은 사색의 힘이다 - 로크

당신은 이번 주말 모처럼 푹 쉴 수 있는 시간을 가지게 되었다. 주말만 되면 놀이공원에 가자고 조르고, 외식을 하자고 졸라대는 아내와 아이들이 어쩐 일인지 선심 쓰듯 뜻밖의 휴가를 줬다.

"그동안 쌓인 피로나 풀 겸 푹 자볼까?"

그러나 일찍 일어나는 데에 익숙해진 당신은 고개를 젓는다. 1년 동안의 금연이 한 개비의 담배로 헛수고가 되듯 힘들게 들인 버릇이 너무나 아깝기 때문이다.

"뭘 하지? 책이나 한 권 사서 읽어볼까?"

잠깐 머뭇거리던 당신은 오랜만에 집 앞의 서점에 들른다.

나는 당신에게 어떤 책을 읽으라고 구체적으로 서적의 제목까지 나열할 생각은 없다. 이 책의 남겨진 페이지로는 당연히 미완성의 조언밖에 될 수 없다는 것을 잘 알기 때문이다. 그러나 간만에 서점에 들른 당신에게 책을 읽을 때에 중요한 주의사항 두 가지만은 꼭 말하고 싶다.

첫 번째, 책의 방향과 범위를 구체적으로 정하라. 하나의 시대, 하나의 주제, 혹은 한 사람의 작가를 선택하는 것도 좋다. 가령 '프랑스 혁명에 관해서 공부하자'라든가 '철도의 기원에 관해서 조사하자'라든가 '존 키츠의 작품을 연구하자'라는 구체적인 목표를 정하는 것이다.

"오호, 그러면 나는 조선시대의 역사를 무겁지 않고 가볍게 풀어쓴 책을 살펴봐야지."

이렇게 이야기하며 당신은 평소 관심이 있던 조선시대의 파란만장한 궁궐 이야기가 담긴 재미있는 책을 고를지도 모른다.

두 번째, 잘 읽기만 하지 말고 동시에 잘 생각하라.

나는 수많은 책을 읽었으면서도 그 일이 버터 바른 빵을 자르는 것과 별다른 차이가 없는 경우를 수없이 많이 봐왔다. 1년에 몇 권 읽었다고 떠벌리는 사람들을 보면 한숨만 나올 뿐이다. 그들의 대부분은 수박의 달콤하고 시원한 속살은 모른 채 혓바닥으로 아무 맛도 나지 않는 겉껍질만 힘들게 핥고 있는 것에 지나지 않는다. 당신이 만약 책을 한 권 읽었다면 시간을 들여 주의 깊게 재음미하라. 아니면 모처럼 투자한 시간은 허공으로 사라져갈 뿐이다. 만약 당신이 조선시대에 관련한 책을 펴들었다면, 시대를 뛰어넘어 오늘날을 생각해 보아야 할 것이다.

"우리 딸아이가 만드는 독서목록 같은 것을 만들면 괜찮을 것 같은데요."

당신의 말처럼 독서목록을 만드는 것은 최상의 방법 중에 하나다. 이참에 아이들에게만 독서를 강요하지 말고 당신도 책을 읽으면서 독서목록을 만드는 것은 어떨까.

당신은 드디어 서가 사이를 한참 동안 헤맨 끝에 책 한 권을 골랐다. 당신이 어떤 책을 골랐는지 궁금하지만 굳이 묻지는 않는다. 은근슬쩍 볼 수도 있겠지만, 시간이란 최고의 보물을 헛되이 낭비하지 않으려 노력하는 당신을 믿기에 굳이 신경을 쓸 필요는 없다. 내가 할 일은 모처럼의 주말을 한 권의 좋은 책과 보낼 당신을 위해 축복해 주는 일일 것이다.

현명한
직장생활
노하우

밥벌이의 고단함을 인정하라 ❧ 현상 속에 숨은 원인과 결과에 주목하라 ❧ 항상 겸손한 마음으로 행하라

최고의 적을 만들어라 ❧ NO라고 말할 수 있는, NO라는 말을 받아들일 수 있는 용기를 가져라

최고의 동료는 최고의 적이다. 지루한 밥벌이에서 적을 만들어 하루하루를 신선한 긴장감에 휩싸여 보내라. 또한 적을 시기하라. 시기와 질투심을 아예 버릴 수는 없다. 마음껏 시기하고 질투해도 좋다. 시기와 질투는 올바르지 못한 행동을 유발할 때 문제가 생기는 것이다. 시기와 질투가 정신을 고양시킨다면 시기와 질투는 최고의 효과적인 수단이다.

chapter 34
밥벌이의 고단함을 인정하라

고통은 인간의 넋을 슬기롭게 하는 위대한 스승이다 - 에센 바흐

나는 앞 장에서 밥벌이만으로 인생을 허비하기에는 너무
나 아깝기에 내적 하루를 만들어 새로운 미래를 꿈꾸라고
반복해서 강조했다. 물론 이 조언을 잘못 받아들여 밥벌이
는 대충대충 넘겨도 괜찮다고 오해할 어리석은 독자는 없
으리라. 내적 하루를 위해서라도 밥벌이라는 외적 하루에
최선을 다 해야 한다. 밥벌이도 제대로 못하는 초라한 주
제에 또 다른 미래를 꿈꾼다는 것이 가당키나 한가!

따라서 이번 장에서는 당신의 밥벌이로 초점을 좁혀 밥
벌이를 좀 더 수월하게 할 수 있는 몇 가지 방법에 대해 알아보도록 하자.

"당신은 직장생활이 얼마나 즐거운가?"

당신이 가장 먼저 인정해야 할 것은 다름 아니라 밥벌이의 고달픔이다. 직장생활의 가장 큰 어려움은 끝이 보이지도 않는다는 것이다. 빠르면 이십 대 초반부터 늦으면 죽는 날까지 손에서 놓지 못하는, 평생 동안 좀처럼 헤어 나올 수 없는 밥벌이가 쉬울 리가 있겠는가. 남의 호주머니에서 돈을 끄집어내는 일은 생각처럼 쉬운 일이 아니다. 따라서 하루하루 어려우면서도 하루 이틀에 끝나지 않는 지루한 밥벌이에서 즐거움을 찾는다는 것은 사실 거의 불가능한 일이라고 할 수 있다.

직장생활이 정말 즐겁다고 행복한 비명을 지르는 사람을 몇몇 본 적이 있다. 그러나 정확히 말하면 그들은 직장생활이 즐거운 게 아니었다. 많은 돈을 벌어 행복했고, 지루한 밥벌이라는 인생 항로를 견디기 위해 짧은 기간마다 열심히 노력해 얻은 성취감 때문이었다. 하루하루 인생이 활기차기를 바라고, 안락하고 편안한 노후를 꿈꾸기에 밥벌이의 지겨움을 애써 잊고 최선의 노력을 경주했던 것이다. 하지만 밥벌이 그 자체는 정말 지겨울 뿐이다.

　밥벌이가 지겹다는 것을 인정하라. 인정할 때만이 비로소 참고 견딜 수 있는 마음이 생긴다. 밥벌이가 지겹다는 것을 솔직히 인정할 때부터 밥벌이는 나아질 수 있다. 문제는 밥벌이의 지겨움을 인정하지 못하고 어딘가에 있을 즐거운 밥벌이를 찾으려는 어리석은 행동에서 비롯된다. 쓸데없는 희망은 결국 좌절로 되돌아올 뿐이다. 툭하면 사

표를 쓰고, 툭하면 다른 직장을 기웃거리는 이들의 논조라는 것이 대동소이하다.

"내게 좀 더 맞는 직장을 찾고 있어. 회사의 비전과 내 비전이 맞아 떨어지고, 회사 분위기도 좋으면 금상첨화겠지."

알다시피 이런 장밋빛 꿈이 현실이 되는 이들은 극소수에 불과하다. 이들은 직장생활이 힘든 것은 자신과 맞지 않기 때문이라고 오판한다. 직장생활은 원해 힘들다는 것을 좀처럼 인정하지 않는다. 여기저기 기웃거리다 보면 훨씬 나은 직장을 구할 수 있다는 섣부른 믿음을 버리지 못한다.

밥벌이의 고단함을 인정하고 밥벌이를 시작하라. 모두들 당연하다고 말하겠지만, 가슴 속으로 제대로 인정하고 있는 이들은 얼마 되지 않는다. 당신은 희생이라든가 고통, 지루함이라는 단어들에 익숙지 않다. 되도록이면 피하고 애써 외면하고 싶은 것이 사람의 본성이기 때문이다.

농부는 봄철이 되면 겨우내 얼어붙은 논에 불을 놓는다. 논에 고통을 준다. 고통을 줘야 해충이 죽고 거름이 좋아져 가을에 풍성한 낟알이 열린다. 마찬가지다. 밥벌이는 당신의 내적 하루를 충만하게 하는 거름이라고 생각하라. 그리하면 당신의 가을에 풍성한 열매를 얻을 수 있을 것이다.

chapter 35

현상 속에 숨은 원인과
결과에 주목하라

세상의 모든 일에는 왜, 어째서라는 원인과 이유가 있다 - 셰익스피어

우리는 종종 아주 어려운 문제에 부닥친다. 가정에서도
직장에서도 한 가닥 마음의 올이 이리저리 묶여 꼬일 대로
꼬인 실타래를 만들어 버리는 일들이 도처에 늪처럼 도사
리고 있다. 실타래처럼 뒤엉킨 상황 속에서 당신은 어디서
부터 문제를 해결해야 할지 가늠하기가 어렵다. 실타래를
붙잡고 한 올 한 올 풀 생각에 눈앞이 아득하다. 훌훌 떨치
고 도망가고 싶은 생각도 든다. 아예 눈에 띄지 않게 외면
하면 될 것도 같다. 그러나 외면은 더 어려운 상황을 초래
할 뿐이다.

그러나 인생은 정말 아이러니하다. 매듭을 찾을 수 없던 절망스런 시간이 지나면, 어느 순간 눈앞에 얼키설키 엮인 실타래의 첫 매듭이 선명하게 떠오른다. 당신은 후회의 탄성을 지르며 무릎을 치고 만다.

"왜 그때는 그 단순한 생각을 하지 못했을까!"

훌쩍 시간이 흐른 뒤에야 나타나는 원인과 해결책은 아무 도움이 되지 못한다. 그렇다고 어려운 문제에 봉착할 때마다 "시간이 모든 것을 해결해 줄 거야."라며 시간에 기대는 나쁜 버릇을 들일 수도 없다. 문제에 부닥친 지금 이 순간 문제를 풀 수 있느냐 없느냐에 당신의 인생 항로가 바뀌기 때문이다.

뒤엉킨 문제에 처음부터 두려움을 갖지 마라. 인생을 송두리째 뒤틀 것 같은 막연한 두려움에 문제의 정확한 실체를 파악하지 못하고 있는 것은 아닌지 살펴라.

문제가 현상으로 불거질 때의 특징은 수면으로 떠오른 문제는 일부분일 뿐 수면 밑에는 다양한 문제들이 도사리고 있다는 것이다. 마치 북극 바다에 떠 있는 작은 빙산처럼 말이다. 하지만 당신은 장님 문고리 잡듯 겉으로 불거진 문제에만 주목한다. 수면 아래를 들여다볼 엄두가 나지 않기 때문이다. 결국 하나를 해결하는 미봉책으로 문제를 뒤로 떠넘기기만 하는 경우가 허다하다. 그래서는 근본적인 문제가 해결되지 않는다. 두려움을 떨치고 수면 아래를 내려다보자. 겉으로 드러난 문제는 정신을 산란시키는 일종의 가벼운 트릭이라고 여겨라. 숨겨진 뿌리를 찾아 제거하면 표면적인 문제는 어느새 신기루처럼 사라진 것을 볼 수 있을 것이다.

평소 삶을 살아가는 데 있어 원인과 결과를 깊이 생각하라. 현상의 표피만을 주목하지 마라. 사건의 전개과정에서 인과관계의 연결고리를 못 보는 이는 비가 내리는 드넓은 바다를 보아도 다만 단조로운 풍경으로밖에 보지 못하는 사람이다. 그러나 눈앞에 벌어지는 현상의 속살을 들여다보면 원인과 결과의 끊임없는 반복에 따라 현상이 전개된다는 것을 깨닫게 된다. 엊그제 날이 무더웠기에 바닷물이 증발하며 구름이 만들어졌고, 비로소 오늘 비가 내리고 있다는 것을 이해하는 것이다.

자연에 순응하며 자신을 수양하기 위해 노력하고, 인생의 한없는 풍요로움을 자각하라. 끊임없는 자기 수양 끝에 얻은 통찰력만큼 오랫동안 변함없이 만족감을 주는 행복은 없다. 그리하면 인생의 고통은 줄어들고, 보다 풍요로운 행복을 얻을 수 있을 것이다.

당신이 봉착한 문제가 어려우면 어려울수록 오히려 해답은 아주 간단한 경우가 많다. 뒤엉킨 실타래 앞에서 맥을 놓고 있는가. 실타래의 매듭을 찾아라. 원인을 찾아라. 일이 꼬이게 된 복잡다단한 원인들을 하나하나 풀어나가면 어느새 문제의 해답은 선명하게 드러난다.

현상과 결과에만 집착하지 말고 원인을 차근차근 들여다보자. 그러면 걱정했던 만큼 문제가 심각하지 않다는 것을, 혹은 가볍게 여겼던 문제가 생각보다 심각하다는 것을 깨달을 수 있을 것이다.

chapter 36

항상 겸손한 마음으로 행하라

모든 덕목 가운데 성취하기 가장 어려운 것이 겸손이다
행복에 대한 갈망과 생각을 죽이는 것처럼 힘든 일도 없기 때문이다 ─ T. S. 엘리엇

미국의 독립선언서 초안을 작성한 위대한 정치가이자 사상가 벤저민 프랭클린이 젊은 시절에 겪은 일이다. 하루는 프랭클린이 이웃집에 들러 급한 용무를 보고 밖으로 나가려는 순간, 누군가의 다급한 소리가 들려왔다.

"머리를 숙여요!"

프랭클린은 그러나 이미 이마를 문틀에 부딪친 뒤였다. 그때 별이 번쩍거리는 고통 속에서 늙은 사람의 점잖은 충고가 들려왔다.

"젊은이, 자네가 세상을 살아갈 때 머리를 자주 숙이면

숙일수록 그만큼 위험한 충돌을 모면할 걸세."

프랭클린은 늙은 노인의 말을 평생의 교훈으로 삼았다고
한다.

대한민국에는 잘난 사람이 정말 많다. 당신도 그 잘난 사
람의 하나라고 확신하고 있을지도 모르겠다.

"맞소. 나 정도의 학벌과 직장을 가지고도 못났다고 한다
면 세상에 잘난 놈이 어디 있겠소?"

앞서 소개한 것처럼 대한민국 성인의 80% 이상이 자신
이 남들보다 똑똑한 30% 안에 속한다고 믿는 현실에서, 당
신만큼은 심각한 착각 증세를 보이고 있는 50%가 아니라
30% 안에 속하는 사람일 수도 있다. 그러나 나는 거드름을
피우는 당신에게 이렇게 말해 주고 싶다.

"너무 잘나 보이려고 노력하지 마라. 사람들은 잘난 척하
는 사람을 혐오한다. 완벽함을 지나치게 내세우면 결국 다
잃고 무일푼이 되고 만다. 반대로 자신을 나타내는 데에
인색하면 그 가치는 더욱 높아진다."

남에게 잘난 체하고 고상한 척 노력하는 사람들은 자신

이 품위 있는 지식을 지닌 뛰어난 존재라고 누군가를 붙들고 자랑을 늘어놓고 싶어 안달을 부린다. 이러한 부류에 속하는 바보는 마치 그것이 종교의식이라도 되는 양 그럴 듯한 얼굴을 들고 우쭐대며 돌아다닌다. 다른 사람들도 모두 자신의 지적 능력에 대해 박수를 쳐주는 관객으로밖에 생각하지 않는다. 결국에는 제 무덤을 파는 것밖에 되지 않는다.

테레사 수녀가 인도의 가난한 마을에서 다친 어린아이들의 상처를 돌볼 때였다. 그녀의 봉사가 못마땅하던 지역의 유지가 거드름을 피우며 물었다.

"수녀님, 당신은 나처럼 잘 살거나 높은 지위를 가진 사람, 편안하게 사는 사람들을 보면 정말 부러운 마음이 안 드시오? 정말 당신은 이런 삶에 만족하시오?"

테레사 수녀는 미소를 지으며 답했다.

"허리를 굽히고 섬기는 사람에게는 위를 쳐다볼 시간이 없답니다."

테레사 수녀의 말에 유지는 부끄러워 더 이상 자리에 있지 못하고 줄행랑을 쳤다고 한다.

내가 행복하고 잘났다고 생각할 때 오히려 더 많은 사랑과 호의를 얻도록 노력하라. 나의 호의를 통해 다른 사람의 호의적인 의견을 얻을 수 있도록 노력하라. 호의를 베푸는 일은 모든 것을 원활하게 만들어준다. 용기, 성실, 학식, 경제력 등이 반드시 좋은 성품을 만드는 것은 아니다.

항상 겸손하라. 당신 자신을 항상 존중하고 타인에게 겸손하라.

chapter 37

최고의 적을 만들어라

> 적이 한 사람도 없는 사람을 친구로 삼지 마라
> 그는 중심이 없고 믿을 만한 가치가 없는 사람이다
> 차라리 분명한 선을 갖고 반대자를 가진 사람이
> 마음에 뿌리가 있고 믿음직한 사람이다 - 테니슨

당신은 내가 항상 겸손하라고 바로 앞에서 강조해 놓고, 곧바로 적을 만들라고 하는 것을 이상하게 느낄지도 모르겠다. 그러나 여기서 내가 말하는 적은 부모를 죽인 철천지원수도 아니며, 도덕과 윤리적인 개념에 절대적으로 어긋나는 행동을 해 용납할 수 없는 적도 아니다. 내가 말하는 적은 참된 경쟁 상대를 말하는 것이다.

지금 당신에게는 적이 있는가. 최고의 경쟁 상대가 있는

가. 잠깐의 휴식을 취하는 와중에도 머릿속에서 열심히 공부하고 일하고 있을 누군가의 모습이 떠올라 제대로 쉬지도 못하게 하는 경쟁 상대가 있는가.

적이 없는 불행한 인생을 살지 마라. 세상 사람 모두가 친구라고 말하는 사람은 일찌감치 머리를 깎고 종교 분야에 뛰어드는 게 성공할 가능성이 높을 것이다.

최고의 동료는 최고의 적이다. 지루한 밥벌이에서 적을 만들어 하루하루를 신선한 긴장감에 휩싸여 보내라. 또한 적을 시기하라. 시기와 질투심을 아예 버릴 수는 없다. 마음껏 시기하고 질투해도 좋다. 시기와 질투는 올바르지 못한 행동을 유발할 때 문제가 생기는 것이다. 시기와 질투가 정신을 고양시킨다면 시기와 질투는 최고의 효과적인 수단이다.

당신의 머릿속에 누군가의 모습이 희미하게 윤곽을 그리고 있을 것이다. 그는 회사에서 당신보다 능력을 인정받는 사람일 수도 있다. 퇴근 후 당신이 녹초가 되어 맥주 한 잔으로 시름을 달래거나 집으로 향할 때, 활기차고 얄미운

발걸음으로 자기계발을 위해 도서관으로, 학원으로 향하는 누군가가 떠오를 것이다. 그의 모습을 머릿속에 선명하게 각인시켜라. 그리고 그와 경쟁하라. 확고한 경쟁 상대가 생길 때 성취욕은 백배 천배 높아진다. 누군가를 닮고 싶고, 누군가를 뛰어넘고 싶은 욕망이 없는 노력은 쉽게 사위는 불꽃이다. 불꽃이 높게 타오르려면 바람이 불어야 한다. 그 바람에 당신의 불꽃이 꺼질 수도 있지만, 불꽃이 맹렬히 타오르고 싶다면 두려움을 떨쳐버리고 바람을 맞아야 한다.

현재보다 나은 삶을 꿈꾼다면, 특히 직장에서 성공하기를 원한다면, 직장 안에 적을 만들어라. 최고의 경쟁 상대를 정해 앞으로 나아가라.

chapter 38

NO라고 말할 수 있는,
NO라는 말을 받아들일 수 있는
용기를 가져라

겁쟁이가 죽는 것은 여러 번이지만
용기 있는 사람이 죽는 것은 오직 한 번뿐이다 - 셰익스피어

"오늘 저녁 소주 한 잔 어때?"

"업무보고서 오늘 중으로 끝낼 수 있겠지?"

"이번 안건은 내 의견대로 가자고. 이견 없지?"

당신은 혹시 몸이 피곤해 집에 가서 일찍 쉬려고 하거나
아니면 저녁에 공부를 좀 하려다가도 친한 동료가 술 한
잔 하자면 군말 없이 따라가거나, 오늘 중으로 끝내는 게
무리인 줄 알면서도 직장상사의 요구에 가타부타 말없이

무조건 복종하지는 않는가. 분명 잘못된 판단 같은데 무조건 밀어붙이는 직장상사의 말에 꿀 먹은 벙어리가 되지는 않는가.

당신은 직장생활에서 거부할 수 있는 권리를 가지고 있다는 사실을 자주 잊는 듯하다. 때로는 거부할 줄 아는 것

도 인생에서 커다란 처세술이다. 직장생활이나 인간관계에서 당신에게 쓸데없이 요구하는 것들을 과감하게 거부하라. 무리한 부탁에 대해 승낙하면 할수록 세상은 당신을 가볍게 판단해 갈수록 무리한 요구를 하게 된다.

당신이 직장생활에 주인의식이 있다면 'NO'라고 당당하게 말할 수 있는 용기가 필요하다. 주장을 굽히지 않고 논쟁을 즐겨라. 주위의 빈축을 사는 경우도 많지만 이러한 반작용을 견뎌내는 것 또한 주인의식을 키우는 중요한 요소이다. 기업의 의사결정은 한 사람의 결정으로 되는 것이 아니다. 많은 사람들에게 자신의 의견을 전달하고 이해시키기 위한 고통스런 노력이 필요하다. 상사의 말을 무조건 따른다면 당신의 존재가치는 무엇인가.

반대로 의사 결정 과정에서는 이 눈치 저 눈치 보며 아무 말도 없다가, 정작 결정이 난 뒤에 수군거리는 못난 직장인이 정말 많다. 그러나 결과가 나오면 겸허히 수용하는 태도가 필요하다.

마찬가지로 당신에게 'NO'라고 당당히 말하는 이를 가까이하라. 감언이설보다는 고언을 아끼지 않는 사람이 당신의 직장생활에 큰 도움을 줄 수도 있다. 또한 자신의 욕구에도 단호하게 'NO'라고 말할 줄 알아야 한다. 자신을 극복하지 못하는 사람은 결코 성공할 수 없다.

퇴근,
새로운
하루를
계획하라

퇴근 시간은 제2의 하루다 ❖ 퇴근 후 긴장을 늦추지 마라 ❖ 내일의 계획을 꼭 세우고 잠에 들라

내일의 옷차림은 오늘 결정하라 ❖ 잠자리까지 문제를 끌고 가지 마라

잠은 진정 신이 우리에게 선사한 가장 위대한 선물 중의 하나다. 신은 우리에게 온갖 고난을 부여했지만, 한편 고난을 이겨내기 위해 잠을 선물로 주었다. 당신의 잠자리는 그 어떤 자리보다 신성하고 고귀하다.

퇴근 시간은 제2의 하루다

현명한 사람은 기회를 찾지 않고, 기회를 창조한다 – 프린시스 베이컨

인간은 이성의 동물이다. 이 말은 반대로 감성의 동물인 인간이 동물 그 이상의 무엇이 되기 위해서는 이성이 필요하다는 말로 해석할 수도 있다.

바쁜 하루 속에서 사실 이성의 힘은 그다지 큰 역할을 발휘하지 못한다. 우리는 이성보다는 본능에 더 충실하다. 우리의 행동 속에 포함된 인간 본연의 행동들은 이성이라기보다는 철저히 교육된 '습관'의 힘일 공산이 크다. 따라서 우리가 보다 이성적이기 위해서는 하루 중에 잠깐이라도 자신을 깊이 되돌아보고 반성하는 시간을 가져야 한다.

"도대체 왜 사람은 꼭 이성적이어야만 합니까?"

당신이 만약 이런 어리석은 질문을 한다면 나는 왜 인간이 이성적이어야 하는지 잠깐 동안 100가지의 예를 들 수 있다. 예컨대 레스토랑에서 너무 바짝 익은 스테이크 때문에 화가 났다고 치자. 그때 당신은 이성의 여신을 불러 상담을 하는 것이 좋다. 이성의 여신은 당신에게 이렇게 충고할 것이다.

"웨이터가 직접 스테이크를 굽지 않으니 그가 스테이크의 굽는 정도를 조절할 수는 없다. 웨이터에게 화를 내봤자 좋아질 게 아무것도 없다. 그래도 만약 웨이터에게 화를 낸다면 품위만 떨어질 뿐이며, 옆 테이블의 교양인들 눈에는 어리석은 사람으로 비춰지고, 웨이터를 불쾌하게 만들어 서비스의 질은 더욱 떨어질 뿐이다. 그래도 웨이터에게 화를 내겠는가? 차라리 지배인을 불러 정중하게 스테이크의 상태에 대해 따져라."

이렇듯 이성적인 여신의 충고에 귀 기울이면 쓸데없이 피해를 보는 일은 한결 줄어든다.

사람들은 사물 속에 있는 본질의 절반도 결코 보지 못한다. 게다가 이성적으로 판단하고자 하는 노력도 미미해서 자신에게 돌아오는 피해나 이로운 점까지도 이해하지 못하고, 결국에는 대수롭지 않은 일에도 큰 가치를 두고, 반대로 중요한 일은 경시하는 등 항상 거꾸로 생각해 일을 그르치고 만다. 하지만 이성적인 사람은 매사에 한 걸음 물러나 생각한다. 가치 있는 것을 발견할 전망이 있으면 더욱더 몰두하고 깊이 파고들어간다. 그는 알고 있다. 지금 자신이 느끼고 있는 가치보다 더욱 많은 보석 같은 가치들이 숨겨져 있다는 것을.

하루의 고된 일과를 끝내고 난 퇴근길. 나는 당신에게 한 번만 더 힘을 내 이성적으로 판단하라고 말하고 싶다. 열심히 그날의 양식을 마련한 뒤 집으로 돌아오는 길, 붉게 낙조가 깔리는 차창 밖의 하늘을 보며 차분히 자신을 되돌아보기를 부탁하고 싶다. 물론 석간신문을 읽는 쪽을 선택한다고 해도 나쁘지는 않다. 그러나 신문을 읽기보다는 잠깐 동안이라도 자신을 되돌아보는 일을 실천하기를 바란다.

오전, 오후 내내 직장생활을 아무리 열심히 했더라도 퇴근 후가 엉망이면 하루가 제대로 마무리되지 않는다. 퇴근 후가 중요하다. 퇴근하며 감성적으로 돌변해 다잡은 마음을 풀지 말고 이성적으로 생각하고 반성하라.

퇴근을 제2의 하루가 시작되는 출근이라고 역발상하라!

아침 출근길 30분에 하루를 계획하듯, 퇴근길 30분에도 하루를 계획하라. 이성의 끈을 다잡고 외적 하루를 마무리하며 내적 하루를 시작하라.

chapter 40

퇴근 후 긴장을 늦추지 마라

하루하루를 마지막이라고 생각하라
그러면 예측할 수 없는 시간은 그대에게 더 많은 시간을 줄 것이다 – 호레스

오후 6시. 얼굴에 피곤이 한가득 몰려 있는 당신은 책상 위에 어지럽게 널려 있는 서류를 대충 정리하고 황급히 사무실을 빠져나오며 목을 꽉 죄고 있던 넥타이를 느슨하게 푼다. 아침과 달리 어깨에 걸친 가방은 이상하게 자꾸만 흘러내린다.

'피곤해. 정말 피곤해.'

피곤에 축 처진 어깨로 퇴근하며, 당신은 의식적으로든 무의식적으로든 피로감이 더해 간다. 집에 도착하면 무조건 쉬고 싶다는 생각밖에, 다른 생각은 들지 않는다.

결국 집에 도착하면 아내가 따뜻하게 지은 밥을 허겁지겁 먹고 나서는(사실 이것만 해도 당신은 행복한 축에 속한다. 기러기 아빠뿐만 아니라 저녁밥을 지어놓고 기다리는 아내는 갈수록 줄어드니) 소파에 드러누워 반쯤 감긴 눈으로 텔레비전을 본다.

"밥 먹고 바로 드러누우면 어떡해?"

아내는 해가 갈수록 느는 당신의 뱃살에 걱정을 쏟아낸다. 양치질을 하다 떨어진 치약이 배에 묻은 지 이미 오래된 허리둘레. 운동을 하며 건강에 신경을 써야 한다는 것을 알면서도 몸은 한없이 아래로 꺼져든다. 아내의 성화에 결국 아이들의 공부를 잠깐 봐주고, 같이 놀아주고, 화살처럼 획획 눈앞을 스쳐 사라지는 텔레비전 화면을 멍하니 바라볼 뿐이다. 그러고는 12시를 가리키는 벽시계를 보곤 부스스 일어나 안방으로 들어가 잠 속으로 빠져든다.

퇴근해서 여섯 시간. 그 긴 시간이 마치 꿈이나 마법처럼 영문도 모르는 사이에 지나가고 마는 하루하루. 당신은 내가 자꾸만 당신을 걸고 넘어진다고 화를 낼 수도 있다.

"뭐라 말해도 상관없어요. 나는 지쳤소. 퇴근하고 또 뭘

하라는 거요? 보고 싶은 친구도 만날 수 있는 것이고, 텔레비전을 보다가 잘 수도 있는 것이지. 일어나서 잠자리에 들기 전까지 긴장만 하고 살면 어디 그게 사람이요? 기계지."

그러나 만약 당신이 미혼이라서 젊고 아름다운 아가씨와 데이트 약속이 있다고 가정해 보자. 퇴근에 맞춰 옷차림을 단정히 하고 부지런히 약속 장소로 갈 것이다. 데이트가 길어지면 5시간 정도는 바짝 긴장한 채로 보낼 게 틀림없다. 아가씨를 집에 데려다주고 집으로 돌아오면 긴장이 풀리면서 피로가 물밀 듯이 밀려올 것이다. 그러나 이상하게도 데이트를 하던 5시간 동안만큼은 피로감이 전혀 들지 않았다는 것을 떠올려보라. 대신 아름다운 아가씨와 함께했던 저녁이 얼마나 즐거웠던지(혹은 잠깐 사이에 어떻게 시간이 흘러버렸는지) 만족감에 빠질 것이다.

매일 저녁 6시만 되면 엄습하는 피곤은 정말 피곤한 것이 아니다. 생각만 바꿔도 최소한 저녁 3시간은 여유를 가질 수 있다. 나는 당신이 매일 저녁 3시간을 지적 에너지를 소진하는 일에 사용하라고 말하지는 않는다. 처음에는 하루 걸러 하루씩 1시간 30분 동안, 당신의 정신이 고양되는 의미 있는 일을 해보면 어떨까 하는 것이다.

그렇게 3일을 보내도 3일의 저녁이 남아 있다. 그 시간은 친구를 만날 수도 있고, 카드 게임이라든가 운동을 함께할 수 있다. 아니면 가사에 지친 아내를 위해 설거지를 도울 수도 있다. 만약 참을성 있게 꾸준히 반복한다면 3일이 4일, 4일이 5일 늘어나며 매일 저녁을 계속 일에 몰두하고 싶은 마음이 절로 생길 것이다.

처음에는 주3회 밤 1시간 30분을 일주일 중의 가장 중요한 시간이 되도록 노력하자. 이 90분은 신성한 시간이 되어야만 한다는 것을 기억하라. "미안한데 테니스 클럽에 가야 돼서 너를 만날 수 없어."라고 친구에게 말하기보다 "공부해야 돼!"라고 자신있게 말하자.

chapter 41

내일의 계획을
꼭 세우고 잠에 들라

계획이란 미래에 대한 현재의 결정이다 - 피트 드러커

하루하루를 다람쥐 쳇바퀴 돌듯 그저 그렇게 사는 이들에게 계획이 따로 필요할 리는 없다. 반대로 순간순간을 성취욕에 불타 행동하는 사람들은 하고 싶은 일도, 해야할 일도 많기에 철저한 계획이 반드시 필요한 법이다.

잠자리에 들기 전에 내일의 계획을 반드시 세워라. 또한 아무리 사소한 일이라도 계획을 세울 때는 반드시 처음과 끝을 미리 정해 놓아라. 앞서 강조한 일의 마감시한을 정하라는 것과 일맥상통한다.

업무로 미팅을 가진다면 미리 만날 시간뿐만 아니라 헤어질 시간까지도 정하라. 너무 시간을 오래 *끄는* 것은 결코 좋지 못하다. 자칫 다음 스케줄이 없는 한가한 사람으로 보여질 수도 있다. 끝나는 시간이 정해져 있지 않은 만남이나 모임에서는 적당한 시간에 다음을 기약하는 것이 이미지를 위해 더욱 좋다. 또한 유익하지 않은 모임이라면 애초에 어떤 핑계를 대서라도 피하는 게 최선의 방법이다. 정에 이끌려, 미안해서, 해야 할 일이 있는데도 잠시 얼굴만 비추고 나온다며 모임에 참석하는 이들치고 정말 인사만 하고 나오는 사람은 드물다. 분위기에 휩쓸려 버리기 때문이다. 또한 없던 약속이 갑자기 생길 때는 아주 긴급한 경우가 아니면, 오늘 당장 약속을 하는 섣부른 결정은 해가 될 공산이 크다. 계획에 없던 일정이기에 유연하게 대처하지 못할 수밖에 없다.

오늘 하루의 약속이나 알차게 하루를 보내기 위한 계획은 전날 밤에 세우는 것이 가장 효과적이다. 잠자리에 들기 전에 차분히 앉아 내일의 계획과 약속을 체크하고 차질이 없도록 계획을 세운다면 다음날 허둥대거나 당황할 일이 무엇이 있겠는가. 갑자기 변수가 생기더라도 여유가 있기에 충분히 대처할 능력이 생긴다.

물론 계획한 대로 일정에 맞게 하루를 보내야 한다는 것은 두말 할 필요가 없으리라. 계획을 짜는 것도 중요하지만 실천하지 못하면 아무런 소용이 없으니 말이다.

계획도 없이 하루하루 일이 눈앞에 닥칠 때마다 허둥지둥 처리하는 당신은 늘 피곤할 수밖에 없다. 하루에 열중하기 위해서는 그 전날 미리 계획을 세워라.

chapter 42

내일의 옷차림은
오늘 결정하라

음식은 자신이 좋아하는 것을, 패션은 남들이 좋아하는 것을 입어라 – 벤저민 프랭클린

대부분의 직장인들이 바쁜 출근 준비에도 고민을 거듭하는 시간이 있다. 바로 옷장 앞에서다. 다행스럽게도 당신의 아내가 상냥하고 친절한 내조 9단의 현모양처라면 이미 완벽히 코디가 된 넥타이와 와이셔츠, 슈트에다가 양말까지 준비해 놓았을 테지만, 이것은 그야말로 텔레비전 연속극에서나 봄직한 풍경이 된 지 오래다. 요즘 세상에서 제대로 다림질한(물론 그것도 능숙한 세탁소 주인의 솜씨겠지만) 와이셔츠만 준비해 줘도 감지덕지해야 하지 않겠는가. 결국 출근 시간에 쫓겨 대충 고른 옷차림이 깔끔할 리는 없

다. 늘 어딘가 엉성하기 마련이다.

직장 생활을 하는 당신에게 옷차림은 무척 중요하다. 체온유지, 신체보호 같은 극히 기본적인 목적과 아름다움을 추구하는 미적 기능 외에도 예절적인 측면에서 무척 중요하기 때문이다. 옷이 날개라는 말처럼 첫인상의 상당 부분을 옷차림새가 좌우한다. 옷차림은 그 사람의 개성이나 매력을 드러내는 최고의 도구인 것이다.

특히 남에게 잘 보이기 위한 것이 아니라, 자기 자신을 존중하기 위한 측면이 강한 한국의 예(禮) 문화에서는 밥과 집보다도 옷 입기를 앞세울(衣食住) 정도로 의(衣)를 중요시하고 있다. 그만큼 한국에서는 옷차림이 바르지 않으면 남들이 우습게 보고 함부로 대하는 경향이 강하다. 즉 대접받고 싶다면 대접받을 자세를 갖춰야 하는 것이다. 구멍이 뚫리기 일보 직전의 양말, 구겨지고 소매 끝이 시커먼 셔츠와 전혀 어울리지 않는 넥타이, 주름진 바지는 보는 이들에게 불쾌감을 준다. 결국에는 자신을 불쾌해 하는 이들의 따가운 눈총에 자신마저 불쾌할 수밖에 없다.

반대로 헌 옷이라도 정갈하게 입으면 깨끗하고 단정한

느낌을 줄 수 있다. 또한 연령과 직업, 경제력 등 형편에 맞는 옷차림을 하면 그만큼 돋보일 수 있다. 환갑이 넘은 할아버지가 힙합 바지를 입고, 한 달에 100만 원이 조금 넘는 돈을 버는 아가씨가 명품 옷을 카드로 긁어 입고 다니는 것은 자신의 콤플렉스를 숨기기 위한 것밖에 되지 않는다. 또한 즐거운 잔치나 엄숙한 장례식 등 때와 장소, 용도

에 맞는 옷차림을 해야 한다. 야유회에는 야유회에 맞는 옷차림이 있고, 공식 회의석상에 참석할 때는 그에 맞는 옷차람이 있다는 것을 명심하라. 또한 개성 있는 사람은 신선함을 주지만 지나친 파격과 변칙은 경박한 느낌만 불러일으킨다는 것을 알아라. 당신은 그날의 옷차림에 따라 사람들로부터 다른 대접을 받은 경험이 있을 것이다. 넥타이를 매고 있을 때가 매지 않았을 때보다 계약을 체결할 확률이 훨씬 높다는 통계 조사도 있다.

잠자리에 들기 전에 반드시 내일 입을 옷을 결정하라. 옷옷과 셔츠를 코디해서 아예 옷걸이에 미리 걸어둬라. 허겁지겁 닦느라 손가락에 시커먼 구두약을 묻힌 채 출근하지 말고, 구두도 미리 닦아둬라. 정 바쁘면 아이들에게 용돈을 주고 구두 닦는 일을 시켜라. 예전에는 출근하는 아버지를 위해 구두만큼은 손수 닦아주는 자식들이 많았는데, 요즘은 그렇지 못한 것 같다.

미리미리 당신의 옷차림을 준비하면 그만큼 출근 시간이 빨라지고, 하루를 개운하고 활기차게 시작할 수 있다.

chapter 43

잠자리까지 문제를
끌고 가지 마라

나는 매일 저녁 모든 근심걱정을 하나님께 넘겨 드린다
어차피 하나님은 밤에도 안 주무실 테니까 - 크라울리

당신의 다사다난했던 하루가 드디어 끝이 났다. 편안한
잠자리가 당신을 부르고 있다.

오늘 하루는 평소보다 즐거웠을지 모른다. 혹은 반대로
유독 일이 꼬여 우울했을 수도 있다. 모든 감정을 떨치고
잠자리에 들어라. 오늘 안으로 끝내기로 계획했던 일을 끝
내 마무리 짓지 못했을지라도 근심걱정을 훌훌 털어버리
고 잠자리에 들어라. 가볍게 샤워를 하고 보송보송한 잠옷
으로 갈아입고 푹신한 베개에 얼굴을 묻어라.

푹신하고 온기 가득한 베개는 하루를 말끔히 잊게 해주

는 신성한 치료제다. 오늘 하루 동안 느꼈던 모든 복잡한 감정들, 서글픔, 노여움, 비통함, 즐거움도 베개는 말끔히 없애버린다.

베개 속에는 또 다른 꿈이 있다. 그 꿈은 당신이 인생을 어떻게 살지에 대한 구체적인 대안으로써 계획한 오늘 하루의 계획과는 전혀 다른 꿈이다. 장자가 말한 나비의 꿈처럼 아무리 인생을 버둥거리며 살아도 그것은 결국 하나의 꿈이 아니겠는가.

모두가 잠자리에서만큼은 평등하다. 비단 금침에서 잠을 자는 왕이나 지하철에서 신문지를 덮고 자는 거지나 꿈속에서는 발가벗겨져 평등할 뿐이다. 하나의 꿈을 마치고 또 다른 꿈을 향해 나아가는 것이다. 어떤 하루를 보냈던지 간에 하루는 지나갔다. 이제는 다른 내일이 있을 뿐이다. 물론 내일의 일을 미리 계획해야 하겠지만 잠자리까지 끌고 가서는 결코 안 된다.

잠자리에서만큼은 무아(無我)의 상태가 되어야 한다. 불가에서 말하듯이 기쁨도 스트레스(격정의 환희 뒤에 오는 피로를 모르는가)일 뿐이다. 베개 속에서는 다만 평온과 무념무상이 있을 뿐이다.

잠은 진정 신이 우리에게 선사한 가장 위대한 선물 중의 하나다. 신은 우리에게 온갖 고난을 부여했지만, 한편 고난을 이겨내기 위해 잠을 선물로 주었다. 당신의 잠자리는 그 어떤 자리보다 신성하고 고귀하다고 믿어라. 그리고 이제 아내와 귀여운 아이들이 당신을 기다리고 있는 잠자리로 가라. 모든 생각을 떨쳐버리고 자라. 깊고 깊은 잠 속으로.

우리는 드디어 하루 24시간이 얼마나 중요하며, 그 기적 같은 시간을 어떻게 활용해야 하는지 모두 다 살펴보았다.

늦게 일어나 출근 준비에 정신없이 흘려보내던 아침과 피곤에 절어 퇴근한 뒤 휴식으로만 흘려보내던 저녁을 어떻게 하면 제대로 보낼 수 있을지 살펴보았고, 직장인으로서의 본분인 회사업무에서 당신의 가치를 높일 수 있는 몇 가지 방법을 알아봤다. 또한 인생에 있어 가장 값싼 지출로 가장 값비싼 수익을 얻을 수 있는 독서에 대해서도 다양한 이야기를 나누었다.

당신은 대략 1~2시간을 투자해 책을 읽었다. 한 가지라도 가슴에 깊이 새기고 실천하는 방법을 배웠다면 소중한 시간이었을 테고, 별 소용이 없었다면 쓸데없이 시간만 낭비한 결과밖에 되지 않을 것이다.

만약 책을 읽으며 비효율적 시간 관리의 타성에서 벗어나기를 결심했다면 노파심에 몇 마디만 하고 끝내려 한다.

아무리 철두철미한 사람이라고 해도 책의 내용을 전부 따라할 수는 없다. 생활환경 또한 제각각이기에 구체적인 삶에서 적용하기 힘든 사례와 방법도 있을 것이다. 그러나 하나의 명제만큼은 변하지도 않으며 다르지 않음을 명심하자.

시간에 쫓길 것인가, 시간을 다스릴 것인가. 이것은 오로지 우리 자신에게 달려 있다.

시간을 지배하기 위해 노력하라!
그리하면 당신의 인생이 달라질 것이다!